霧封北橫

李安德 著

作者簡介

李安德

學歷：
國立成功大學外文系 77 級畢業

經歷：
交通部高級業務員考試及格

著作：
《郵政法規精解》
千華數位文化出版
《郵政三法精解》
千華數位文化出版
《霧封北橫》
白象文化出版

與作者聯繫：
電話：06-3364884（中國臺灣）
手機：0926596313（中華電信）
　　　13123369365（中國聯通）
email：flyingbird@livemail.tw
line id：leander24
facebook：leander lin

推 薦 序

在現實與夢幻之間穿梭、擺盪

透過作者多彩的文字，我們彷彿看到了一幅又一幅如眞似幻的圖畫在腦海中起落、堆疊。這本書故事的記述，似乎有濃濃的寫實成分在內，所有的人、事、時、地，看來皆爲眞實。不過，如果說這本書只是寫實的記述，也並不誠然；因爲裡面有太多經過感情投射或折射後產生的幽幽幻影，經過多年，依然一而再，再而三的盤旋纏繞著故事的主人。作者以許多倒敘與文學的筆法，讓故事首尾相連，幻化多彩又高潮迭起。

本書的作者李安德和我相識於民國 73 年（1984 年），那時我讀成大外文系二年級，他當時白天在台南大學路郵局上班，晚上唸成大外文系夜間部。一般而言，除了極少數情況下，日、夜間部同學間，因爲時間、作息背景的不同，不太有機會相識；然而大二上學期，同班有一位女同學，也因爲考上郵局，由日間部轉入夜間部，同在大學路郵局上班，經由她的介紹而認識交往。從此我們建立了濃厚的情感，相知相惜，彌足珍貴。

　　我在成大時有幾個好朋友，一位是建築系的許尙健、一位是同班同學黃芳雄、一位就是安德。認識初期，我對他最深刻的印象是：他安靜沉默，但辦事效率極高。每逢中午，是學生們下課的時間，也是郵局最忙碌的時刻；他工作積極迅速，很少讓客戶久等，因此，我儘可能在他當班時去郵局辦事。

　　當時，他也大二，一個人在林森路崇誨社區租了一間公寓，屋主全家移民去美國。安德那裡對我們當時在外租屋的學生來說，十分寬敞、自由、舒適，是我最喜歡去的地方。有一次，屋主的女兒曾回來；記得她住南卡萊羅那，名片上印著：Kofen Lai, Ph.D. Senior Chemist。我們三個人一起去長榮路東光戲院看一部南非祖魯族反殖民戰爭電影，一起去吃飯；記憶鮮明喜悅，令人難忘。

　　安德有一份全職工作，看書時間比較少，很少參加電影會等校園活動，時常一個人在家讀書；周末三更半夜去按鈴，他仍然應聲而開。記得我都先說：「打擾你的清修」；他都會笑著說：「不會，不會，我還可以向你請教問題呢！」他勤學好問，讀書十分用功投入。當然，我去他家，免不了一起抽菸、喝酒、聊天；有時尙健和芳雄也在，講學校誰是最嚴格的老師，會罵人，還會當人；講附近還有哪些同學，比如他家正對面，就住著我一位同班嬌小的漂亮女生——王叔明。那幾年租屋在崇誨社區附近，夜半去安德家相聚共飲，

是一段快樂的時光。

今年三月間，在下了第二波春雨的某個午後，我跑到自家樓頂陽台，獨自一個人，在菸、酒以及淅瀝瀝的雨聲相伴之下，看這本書初始的文稿。在神遊於作者描繪的故事、情節、人物、景象以及事物經歷之間，時而掩卷嘆息、時而淚流滿面，又時而對著綿綿細雨發呆，久久不能自已。

雖然相交多年，但以前從來不曾看過安德的文章；沒想到拜讀之下，驚嘆有之、佩服有之。只見：寫人，生動多情；描物，豐富具體；故事曲折離奇。作者的文字精妙奇詭、厚實耐讀，帶著多重探討面向與夢幻色彩；這本書，確實好看。

楊師昇

2020-03-27

序 文

關於本書

記得小時候讀過一種傳說，是說：
「有一種白色的鳥，它一直的在空中飛翔，不曾停下來，如果它停下來，也是生命的終點，就死掉了；因爲它白得幾乎透明，所以我們看不到。」
姑且不論這個傳說它的眞實性如何，但小時候心裡確曾留下這一段「白色的，看不見的鳥」的記憶。

我以前並不明白這個傳說的意義；現在，我好像懂了一點，我認爲這個傳說是心理上的意義大於生理上意義。而這個傳說，和本書並沒有關聯；只是，看完本書，我突然想起小時候這種我自己並不明白意義的傳說。

這本書，是一本文集的第三編，其詳情如下：

筆者有一位知交好友方勤飛，情如兄弟，在學校是同班同學。高職未竟前，我們即聯袂去從軍；受訓時是同期，下連隊又巧是同連。退役當天，我們原計劃一路旅遊，再各返

鄉里；但到了臺北之後，他打完一通公用電話，就告訴我：
他要留在臺北。從此勤飛失去了音訊，行蹤全無。

　　幾年過去，在一個風雨交加的夜晚，在卓溪鄉立山村，
接到哨所朋友的電話，說有人上山來找我，是方勤飛；帶著
一身雨水，出現在我的面前。以後每隔一段時日，他即會騎
機車上山來；總是深夜，溫酒對酌，話語別後。他不是從北
宜來，就是從南迴來，一路飛馳，不問晴雨日夜，來也無
影，去也無蹤。

　　三年前，我收到勤飛寄來的兩箱物品，一把長弓，還有
一封信：

安德：

　　我在這裡的工作都已完成，道路走完。我要外出旅行，
尋找一個四季溫暖，有島嶼連環，海面風平浪靜的地方。聽
說，有一片遙遠的海域，山海孤懸絕美，崖壁下有軟珊瑚，
隨海流搖曳，灩灩波濤總泛著七豔霞光，是世外桃源。

　　如果我找到那裡，暫時或長久停留下來，我都會告訴
你，歡迎你來找我。

　　箱子裡都是我帶不走而你用得上的物品，全部送給你；用不上就轉送給別人。還有一本文集，也送給你。你如果來時，我們再去登山或潛水……

　　箱子裡面是呼吸器、潛水刀等潛水用品，以前常和他在東海岸或蘭嶼的海域共潛；弓是紅杉製傳統長弓，約 40 磅，有臺中逢甲路 GoodShot 店家說明書；還有一冊 A4 打字的文稿。

　　就這樣，從此沒再見過他，不知道他去了哪裡？讓我十分好奇的是那 A4 打字自行裝訂的一本文稿，內容分編，分別是：《稗草滋蔓》、《人心怪狀》、《霧封北橫》、《溪流鬼影》。

　　第一編《稗草滋蔓》開章明義第一句是「國之將亡，必有妖孽」，這算是民族大義的大是大非；但他述及的第一位妖孽，現在躺在五指山，這我就不敢再講下去，更不要說拿來印。第二編《人心怪狀》，是在說「不可直視的世道人心」；是「清銘之座右，以昭炯戒」的社會怪狀。我曾在網路上引述該編開卷警語的一段話如下：「拳腳殺人，刀槍殺人，言語殺人，文字也殺人；我這是來殺人。」這一段話很好理解，無外乎：「上士殺人使筆端，中士殺人用舌端，下士殺人懷石盤」；但是，三天之後卻被臺南第一分局約談作筆錄，還移送臺南地檢署偵辦（檢 109 年度偵字第 10498 號案件——妨害

秩序）。以上這兩編就暫且不表，深怕遭受文字獄，被抓去
關。

　　第三編《霧封北橫》就是本書，看了的確也很詫異，為
什麼看完之後會想起我小時候不太瞭解的傳說？而且人物栩
栩如生，呼之欲出，場景熟識，描述深刻；是在敘述「一個
人、一座山、一條路」；但在我看來，更像是在說「傳說中白
色的鳥」，「白得幾乎透明，所以我們看不到」。

　　再說：有的人心中有夢，會去實踐；有的人困知勉行，
一一克服；有的人遭遇打擊，大笑而過；有的人無視命運，
不怕神鬼。和勤飛相處的點滴恍如昨日，很多事情聽來、想
來都不可思議，卻又形影在目、歷歷如繪；縈繞在心頭，飄
浮在記憶。

　　勤飛已經不知去向，他是那種嚮往大地，好奇長空，大
膽冒險，行事不分晝夜的人；路越荒越要走，越無人所至越
要去看看。我看他顧慮別人，惜情念舊，怎麼就這樣不再回
來？我想起來了，他一向果敢堅定，獨來獨往；來找我也是
一樣，深夜一個人來，清晨一個人走。

　　我記得他曾說過這樣的一段話：

「走過的路是否遺憾，是屬於昨日的抉擇；今日踏實的步伐，實基於過去每一時刻堅定的面對我們遭遇的任何困難；勇敢堅定是艱難時刻的唯一路徑。」

筆者因為長期忙於公務，至今方才整理這些文集，並先以第三編中的三篇故事〈霧封北橫〉、〈夢裡村〉及〈山嶺禁地〉，合成本書，書名照其編名《霧封北橫》。另有其精采短篇集第四編《溪流鬼影》等不久和讀者見面。在此想念勤飛，並感謝朋友們為故事插圖，也感謝成大同學楊師昇君為本書作序，筆者謹致謝忱。

本書故事能啓迪青少年勇往直前、橫逆而不退縮、困難而不逃避之堅毅個性；奮鬥、精進、責任、利他，是本書連貫內涵。相信本書亦能映現人際溫馨、探究暗夜驚怖、捕捉天地神奇；披朋友之所見、生命之所感部分章節，以其文字呈現於讀者意識、相會於讀者心靈。希望讀者能喜悅共鳴，並不吝賜知寶貴意見，匡正謬誤，是所至盼。

李安德

2021-02-10

編 輯 推 薦

1.本書刻繪鮮爲人知之臺灣北部橫貫公路深山墾殖農場（新興農場）故事。『新興農場』至今只存「空照地名」，無人知其所以、知其正確位置，更無法知其如何興衰，如何掩沒於叢林荒草。本書以友情與愛情落筆，情節動人，故事寫眞，對斷代社會史有益，對讀者極具吸引力。

2.本書全書故事連貫，一氣呵成，每一章節高潮迭起，前後呼應，環節相扣；對時代青年上進、社會現象、渡臺老兵，皆描繪深刻，是時代縮影，新讀者認知。

3.本書首篇〈霧封北橫〉以山林爲背景之情愛；次篇〈夢裡村〉以意識爲中心之精進；末篇〈山嶺禁地〉以山水爲主題之探險；題材不媚俗世，文字不淫逸樂，故事動人，內容精彩。

4.本書故事人物，含陸、客、原、閩，友誼眞摯、性格大度；讀之溫馨熱血，有益族群融合。

5.本書對原民之社會習慣、生活處境、性格作爲皆有人物側寫，對讀者瞭解及融合原民，裨有助益。

6.本書主角，性格堅毅，流浪而不自卑，橫逆而不退縮，勇
  往直前；以利他為胸中抱負，以盡責為人生目的。愛家
  人，愛朋友，顧情念舊；對愛情寬容，承擔責任。或以直
  擊描繪，淋漓盡致；或以情節側寫，保留讀者空間。故事
  具文藝內涵，厚實耐讀；亦含改編價值，對讀者極具正面
  意義，適合發行。

7.本書文字簡潔雋永，流暢優美，如詩如畫；無冷場場景，
  無空泛語言。寫人生動、描物多情；情節豐富、寫實逼
  真。以明喻、隱喻，探討心理、記憶、意識、性格等多面
  向經歷。文字流轉幻化，交代個性具體。以山林為景、流
  浪為路；奮鬥、精進、責任、利他，是本書連貫內涵；適
  合廣大讀者群閱讀，發人深省，十分好看。

目 contents 錄

內 容 提 要

霧 封 北 橫

　　民國六十九年，臺灣北部橫貫公路，仍然荒山蠻霧，交通不便。有一處幾乎無人知曉的深山部落「嘎拉賀」，在北橫深山高遠雲端。泰雅語「嘎拉賀（Karaho）」意即「在高遠之處」。而更有一方起落皆鮮爲人知的「新興」墾殖農場，在荒山寒霧的嘎拉賀山嶺。情傷青年阿飛，遠離都會，流浪尋友，走入群山。一段墾殖山友的悲歡離合，記錄了農場的斷代興衰；深山內的友情與愛情，細述在縈繞不去的魂夢記憶裡。

夢 裡 村

　　半夜三更在荒郊野外讀書，有鬼魂來找我。帶我去一個陌生城鎮，經過狹窄巷弄，屋舍密集，矮牆屋簷，不知道是哪裡？深夜寒風中來到竹林旁的寶塔門外，好像來到墳前，憑弔前世舊事……

山 嶺 禁 地

　　在攀登尋找瀑頂的過程中，無意中發現了未為人知的另
一道瀑布；再探溯瀑布源流，竟然發現難以想像的神祕絕美
世界。洪荒孤寂的山嶺上，隱藏著九死一生的危機。來是機
緣，去是流水；轉身一別，將永難再見。

霧封北橫

關山重疊，共飲萬世，夢君長夜。

——沙幹

大年深夜，手機傳來簡訊聲，打開：「祝新年快樂！」
我回傳：「想妳的琴聲，想妳的畫。」
寂靜的黑夜問我，我說：「是客家妹，小學同學。」

迷霧漫關山，崖屋臨深谷；
明月潔如霜，情意醇如酒。
聚散無常期，流水問去路；
風中尋衣衫，白雲飄山巒。

第 一 章
崖 屋

　　這一段半山腰的山路已崩塌，塌下來的土石掩埋了
路面，但仍被往來山區的住民踏出一條路徑。前
面的老山胞，以泰雅族人慣有的方式，頂著框帶、背著背
籃，低著頭，也不管悉索不斷滾下來的土石，就這樣一路前
進。我知道他的意思：生死有命，人總要生活。而我，跟在
他的後面，走到崩塌點的最中央，站在那裡，抬起頭來，專
注的看著上面那塊巨大的石頭，看它甚麼時候會掉下來……

新 莊 化 成 路

我辭去七堵恆毅汽車教練場的工作，來到新莊化成路，打電話給她，要求見最後一面。就在化成路路底，是南亞女舍，她是南亞塑膠的一位會計。每次來，門口總有一堆人，等人，等下班的女作業員。

　　從來不曾這麼卑微絕望，第一次失戀，殺傷力特別大。望著她嬌柔的身影，只覺得自己似乎是在口口哀求，還問她：是不是不可能再重來？是不是「真的」？不久之後，我才知道，女人怎麼可能告訴你她心裡的話？尼采說過的幾句名言，雖然不用全部當真，但在女人面前，實在也沒有必要太卑微，女人是全然不一樣的動物。當然，男女之間，如果有一方熱情不再，有的人是願意接受事實，但對方就是不明講；有的人直接劃清界線，對方又不願意接受事實。我是不會強求別人，但總要來把話說清楚。

　　我從小喜歡的她，就帶著一股莫名其妙的恨意，用冷冷的眼神瞪著你，甚麼話也不說。吵了一次架，又何必這樣？一個月沒了訊息，如風箏斷了線，她在想甚麼，誰又知道？
「我不會再來了。」我說。
雖然我信心全無的低下頭，聲音輕得似乎只有我自己聽得到，但我知道我自己：自尊心強，對人際沒有耐性，率性直

接，不強求，也不妥協。細沙不能握在手，流水自去，這是
生命的悲歡離合。只是，當時那股窒息般絕望的痛，實在不
知道能不能走得出來。

　　失戀，像極了死亡，但絕不是死亡。死亡是痛苦與歡樂
一併永恆的滅失，失戀是歡樂滅失，痛苦似乎是永恆的存
在。有些人走不出這個黑暗涵洞，承受不住這絕望般撕裂的
痛苦，因此選擇死亡，要把痛苦一併永恆的消除。但是，失
戀絕不是死亡，死亡是痛苦與歡樂俱去，失戀是希望會再
來，痛苦會消除。

　　人說時間是最好的治療，事實上除了時間之外，我也知
道其他的幾種良方。我告訴你其中的一種：先把情書、照
片、禮物，全部「亂七八糟」的東西，以勝利者的姿態丟到
垃圾場；再刪除電話、地址、資料，連名字都不要留。肯定
你自己的卓越，鄙視對方的低能、幼稚、小器。想像他「高
大」的身材只是無能的大冬瓜；她「嬌柔」的身影就像是發
育不全的病態。他（她）人格不完整，你只是一時的迷惑。
要終止的是自己無盡止的付出，要去死的是那一段可笑的戀
情，不是你寶貴的生命。幾天之後，你或許會哈哈大笑，以
嶄新的姿態迎接明天。不久，你（妳）也必然會更上層樓，
睥睨或是憐憫過去依偎在你懷中的小動物。

沙　幹

在七堵的最後幾天，接到沙幹的信，寄件地是巴
陵。信紙是撕下三張農民曆，還是用毛筆寫的。
第一張邀請我上山，一起整地，種植蘋果；第二張畫了一張
產業山道簡圖；第三張挺拔工整的寫了幾個中楷：

　　　　關 山 重 疊，
　　　　共 飲 萬 世，
　　　　夢 君 長 夜。

沙幹是泰雅族人，應該說是今日的太魯閣族人，原世居秀林
三棧。

　　我、化成路的河北籍女生李桂蘭、沙幹、沙幹的客家妹
太太，都是同班同學，都在美侖海邊長大。那時，我是退役
後北上找李桂蘭，任駕訓教練於七堵基隆河旁；沙幹是隨繼
父的職務異動，搬到新莊新樹路。離開化成路南亞女舍，我
就直奔沙幹家，沙幹已賣掉了新樹路的房子，搬到民安街。
當時沙幹已上山，我在他家沙發上也不知道出神多久？直到
聽到他媽媽說：「吃飯呀，阿匪，『泥在鄉』甚麼？（吃飯
呀，阿飛：你在想甚麼？）」我才回過神來。第二天，問明去
路後，把機車寄放在沙幹家，立刻上山找沙幹。

大　溪

民國六十九年的北橫，大部分還是土石路。客運到
大溪，颱風過境，山路中斷。如有來往商旅，大
溪以下自行入山。這樣最好，我心裡有事，厭煩人群；在桃
園市轉車時，客運站那摩肩擦踵的擁擠人群，令我心煩、難
受。那人來人往，都是離開家鄉外出謀職的遊子。我想起我
化成路的女生，她高商畢業，就離開溫暖父母在家的海關宿
舍，單身到新莊。她小妹也離開了，有一次她小妹見到我時
告訴我：臨走前，她爸爸拉著她的手，告訴她：
「妳們總該長大，要獨立飛翔。」
稚氣的小孩臉龐看著我，訴說慈父臨別的叮嚀與安慰。她幽
幽的笑著，但是，我知道她的心，她的心還在她海關宿舍的
家。那時的青少年，在新舊交替的年代環境下，普遍外漂，
學習或就業，獨立得早。我叫了一部計程車，搭到榮華橋，
山崩路阻，開始走路。

　　「趕快走——」，我抬頭看得出神的大石頭露出半個身
子，卻頗有耐性的懸空掛在那裡。前面卻來了一對男女，站
在遠處；女的高呼一聲，不是怕石頭掉下來，而是這臨崖的
崩塌路段僅容一人通行，算是單行道，希望我儘速通過，他
們要下山。我快步走向前，是一位孕婦。
「要去哪裡？」我關心的詢問。

「要生了，我們要下山。」
男的一身行李，禮貌的看向問話的人，回話後，互相攙扶而
去。

　　我的思維如山霧飄移，一路渺無人煙，他們要走多遠？
會不會分娩在路上？男的會不會處理？而我一位閒人，阻擋
了急事人的路，心理有些過意不去。自身難保，卻又閒看江
湖，心想每個人處境各異，要多為別人著想。不知不覺中走
到一處 U 型彎路，彎底橫跨著一座紅、白相間的拱橋，藏身
林後。走近一看，是深谷，橋梁上幾個字——『大漢橋』。走
過 U 型彎路，回頭再看，越覺脫俗不凡。不急著前行，拿出
週曆手冊，記下了一首：

── 大 漢 橋 ──

人跡不至處，崇山峻嶺之內；
百里無人煙，青翠掩映之間。
拱紅映山花，跨越險阻絕壁；
身白迎寒霧，默送山間行人。
孤寂引深澗，離合人間歲月；
洪荒天地久，不黨氣勢雄渾。

四處無人，恭謹的回應這一段山路，走向巴陵。

不知不覺中走到一處 U 型彎路，彎底橫跨著一座紅、白相間的拱橋，藏身林後。走近一看，是深谷，橋梁上幾個字——「大漢橋」。走過 U 型彎路，回頭再看，越覺脫俗不凡。

巴 陵

巴陵，是一處丫字形三岔路的交點；那時候，除了桃園客運一處站牌外，一個人也沒有。我站在站牌處，舉目所及，群山環繞；左側山腰上算是有一棟「工寮」，因為在高遠處，我不能確定那是不是「房子」。向前左右岔路，左去宜蘭；我按照沙幹用農民曆畫成的「山路圖」往右，離開大路，直走沿大漢溪峽谷山腰上的產業道。產業道左側是山，右側千公尺下是大漢溪。颱風過後，濁流滔滔，河床深遠。信上說：「自產業道走一小時，有流籠；搭過山，再走三十分，會走到『嘎拉賀』部落……」後來，我是真的看到有流籠吊索的流籠基座（流籠頭）——算是「車站」，在產業道的盡頭，幾堆荒草，沒半個人影。

我是第一次近距離看到流籠。豎立兩根粗木，一根橫梁，一截樹幹當地基，架起大小鋼索一線越過深遠大漢溪，伸入雲層。不知彼端高遠處『嘎拉賀』是何等模樣？我停下來，坐在那粗大樹幹「車站」上點起菸來。

「車站」地面散落一些已腐褐的青蘋果，這是山民輸出的產業。蘋果，是沙幹的夢，傾家蕩產一注的夢；蘋果，我想起沙幹說的蘋果酒——他說：「用水缸裝，接一根管子，躺

著喝。」躺著喝？我不覺笑出來，人已隱於山中，還要隱於夢？

　　我又想起在臺北中央日報社附近遇到李桂蘭的小妹李琦慧，她告訴我：
「是我爸爸反對姐姐和你交往。」
「爲什麼？」
「爸爸說：『你會喝酒。』」
這未免詫異！「我會喝酒？」酒我是喝過，但是如何才算「會喝酒」？況且，他爸爸只見過我一次面，如何知道我是「會喝酒」？她如訴說往事般的仔細告訴我：
「就是上次過年你到我家，我爸爸問你要喝甚麼？你說：『要喝酒。』」
我聽了差一點一頭撞地，這是什麼樣的誤會？

　　她家住在美侖海邊圍牆內的海關宿舍，我因爲喜歡她，也清楚知道是最後轉角的那一家。那一年春節，她回來，甜蜜的相會之後，她約我第二天去她家。那年代的房舍，包括我家，都不是很寬敞，但門前都有圍籬，花木扶疏。進門坐下，她爸爸問我：
「要喝甚麼？」我說：
「喝茶好了。」
那時，許多閩南人家庭「飲茶」的意思，是指「飲白茶」，也就是白開水。我的意思本來是：「喝一杯白開水就好。」她爸

爸回答我：

「家裡沒有茶葉。」

我立即知道：閩南家庭把喝開水說成「飲茶」，這閩南語習慣簡略的語句此時經我「沒大腦」的口譯成普通話，已帶來「語意上重大誤差」。但此時，也不好意思再說：我是要「喝白茶」。進退兩難，只好改口說：

「那麼，喝一杯酒好了。」

我還是要說那個年代，家庭能想到「喝」的東西，除了開水、茶葉，再來就只有從菸酒雜貨店「打」來的紅標米酒。之外，我還能回答出要喝「甚麼」？難不成她家還有二十年之後才有的「波霸奶茶」？還是要專程出去買「蘋果西打」？更何況過年過節，就算說：「要喝酒。」也只不過是「應節應景」。我已經忘記了最後我到底喝到甚麼？只不過要喝一杯白開水，現在聽她妹妹說來，似乎我是一位登門討酒的無賴。但是聽完，我只覺得意外，並不感到遺憾或是感到後悔，還想如果有機會，回去時會再問她爸爸：「當時，你到底想請我喝甚麼？」還是太魯閣人沙幹乾脆，直接言明：「喝『用水缸裝的蘋果酒』。」還說：要接一根管子，請你「躺著喝」。

那年代的房舍，包括我家，都不是很寬敞，但門前都有圍籬，花木扶疏。

丟掉手中的菸蒂，我要過渡，按照沙幹信上說：「基座地面有一根木棒，敲地基幾下，流籠會啓動……」我敲了幾下，「咚！咚！咚！」這電話原理，並未因時、因地而失其準則，原高掛十餘公尺前半空中的流籠「喀啦！」一聲，緩緩進站，我拎起背包，跳進流籠。

幾片斑鏽角鐵焊成的鐵箱，隔上木板，算是車箱。這只流籠，竟然還有「座位」。看來，它不僅運送產業，還載運居民；「生活是冒險」，這句話一點都不過分。頭上滑輪「喀啦」、「喀啦」節奏緩慢，漸次伸入雲間。身外白雲飛奔，俯視腳下箱板縫隙，深遠處溪流滾滾；雖然我善泳，但掉下去就不知道還有沒有機會？

　　想起沙幹，高工建築科畢業。原本是電信局的甲方監工，算是建築事務所的人。那時我在七堵，他剛打完架，闖了個不大不小的禍，在「跑路」。跑去七堵找我，聽他說：
「乙方包商，來了一個老闆親戚，做乙方監工……」；「幹，一個『豎仔』！」他說：
「原本是甲方監管乙方，但是正巧，乙方從花蓮請來了一批原住民板模工，被他百般『糟蹋』！」
他有幾句閩南話說得最標準：「豎仔！」「糟蹋！」我不覺又笑出來。
「後來呢？」我喝了一口酒問他。
「這個不行，那個不行，我甲方都認為沒有問題，他就是每天找他們麻煩。」
「我們討好他，請他喝酒，下工請他吃飯……」
這個畫面越來越清楚，沙幹以他的專業所知，挺那批遠方來的板模工。而且，那批板模工從遠方結伴而來，或有女眷，在工地洗衣做飯。也想像這批「都市原住民」，被逼到角落，還要陪著笑臉，「請他回家吃飯」。

　　「請他來家吃飯，他卻左一句『番仔』，右一句『番仔』。當時我在場，實在按捺不住，掄起酒瓶，『一頭夯落去』！」
「一頭夯落去」？
我大聲笑出來，在雲端中、流籠裡。

雲 端 嘎 拉 賀

「空隆！」一聲，流籠升到對山，穿過叢叢從山腰冒出來的濃密荒草後停住。我跳下流籠。基站旁一座柴油電動馬達，圍蓋著箱蓋，是誰在上面寫了幾個字：「嘎拉賀」，然後畫了一個往上的箭頭。就算沒有這個「路標」，也只有這一條前行的路——小山路。因為上山，我低頭走著。我發覺，所有山路，大都沿著溪流；大路沿大溪，小路沿小溪。我低頭看這走上高山的崎嶇路徑，沙礫、岩石外露而兩旁荒草，不也是大雨過後經雨水沖刷，土壤流失露出沙石岩層，山民借道而經久成路？上坡路越來越窄，正要穿過兩顆互靠巨大岩石下方的縫隙，我突然聽到頭上一聲輕脆的聲音：

「你是從城裡來的嗎？」

四處無人，還嚇我一跳！停住腳，抬頭一看，一位女孩，約十五六歲，婷婷玉立，直端端站在左邊岩石上；左手牽著一位小男孩，右手扶在胸前一個已用背巾牢住的嬰兒。我看著她清秀的面龐、特有泰雅族人白皙的膚色、端正的姿態、大方的問候，詫異的說不出話來。我一時沒答話，低頭穿過岩石而上，原來已經到了嘎拉賀，是山間一處小聚落。

停住腳，抬頭一看，一位女孩，約十五六歲，婷婷玉立，直端端站在左邊岩石上，左手牽著一位小男孩，右手扶在胸前一個已用背巾牢住的嬰兒。

「您貴姓？」對小孩子，我還是有禮貌，更何況，我來到她的家園。這時，她像是聚落裡的哨兵，也像是歡迎我到來的禮官。

「房玉玲！」「房子的房」，「這樣……」

她走下大岩石，右手在我右手掌中畫出三個字。

「怎麼沒上學？」

「今年畢業了呀。」

「讀那裡？」

「介壽國中。」

「介壽國中在哪裡？」

「在鄉公所那邊，很遠——」我是沒概念，但從這裡來說，甚麼地方都遠。

「怎麼都沒有人？」

我看這部落，主範圍約一個小操場，右前方一排四五間泰雅族人傳統木屋，門階甚高，算是南島民族高腳屋的一種。但都門扉掩上，聚落一片寂靜，四處只有我一個「大人」。

「他們都去工作了呀！」

我知道了，「大人」去工作，她本來應該上高中，但是不得已，在家幫忙帶小孩、做家事之類的，這也是生活的重要部分。

「去哪裡工作？」

「去山裡砍竹子。」

砍竹子？我還以為這裡深山住民都是在種蘋果。後來我才知道，開山墾殖的都是外地人，還是以大陸來台的「外省人」居多。砍竹子、種香菇是當時嘎拉賀泰雅族人的主要生計。

「你從那裡來？」

一面走近木屋，換她問我。我簡單的回答我要去幫朋友種蘋果，順便詢問這裡的情況，問她：

「有沒有商店？我要買菸。」

原來，還要過幾個山頭才是「有人」墾殖的地方；而她家有賣菸酒。

　　一排高腳木屋相連著，她家約在中間。門階甚高，階距也長，就是要跨上五六個大步才可以開到門那樣。我雖然好奇，又渴又累，但仍然站在門階下，等她拿菸、拿水。在她推門進屋的空檔，我抬頭望進屋內，應該說只能望到門後；

右邊有一道「檯子」，木造設計，有點像商家或餐飲店門口處的「櫃檯」。屋內靜寂幽暗，這裡沒通水沒供電，在高遠雲端。我想：此處是這裡的「雜貨店」，簡單供應菸、酒、米、泡麵、餅干等雜貨給散落的住民及外來的果農，大部分是吃的，但並未陳列貨品；如果有需要的商品，就像玉玲現在這樣，從「櫃檯」後面拿出來。因為，我還買到幾包泡麵。

右前方一排四五間泰雅族人傳統木屋，門階甚高，算是南島民族高腳屋的一種。

　　喝完水，我又點起菸來，詳細的詢問去路。
「妳認不認識沙幹？」
她說：「我都不知道名字呀！」「有一個人，常常來買酒。」

　　玉玲十分大方健談，倒是我對有些事，答話有一點結巴，支支吾吾；尤其是她問我：「有沒有太太？女朋友呢？」

等等，我都答得很不順口。她實在太小，應該小我八歲。是我生活、感情的挫折或是年齡的關係，在後來的一段日子，我都不太敢真正面對她。在談話間，我好像比她年紀小，落魄江湖，有一點不自在。她解開背巾，我幫她抱了一下嬰兒，就循木屋旁的小徑而去。左邊是起伏山坳，右邊真的是一大片竹林；太陽西斜，我回頭看，房玉玲抱著嬰兒跟幾步上來，靜靜的站在路口看著我。

吳 紹 屏

先是看到伐下的竹子成捆綁著，放在路旁。越過竹林，已到山嶺。山嶺上有纜車基臺，四處堆放著成堆的肥料，應該有果農在施肥；也看到成包的木屑，有的散落一地。遠眺群山，已見成株的果林，還有整理出來如階梯的平台，我知道沙幹說的『新興農場』應該是這裡。

「六十年代」，在七堵時沙幹說：

「有一位大陸來台的東北人，向政府承租了十八甲山地保留地，名目為墾殖溫帶經濟作物。」

「核准後，承租的保留地分租出去，大部分是分租給認識的親友，我買了六分地。」

「要種蘋果。」

「你不是說承租？」這方面我也不懂，隨口問他。

「我是一次買斷，他們只有使用權，沒有所有權。」

「我有所有權。」沙幹緊接著說。

我知道了，沙幹是原住民，能擁有山地保留地也是正確。換了這個「事業」，沙幹不再幹那個「聽人叫『番仔』，按捺不住，把人頭顱『夯落去』」的監工，也賣掉了新樹路的房子，搬到民安街。聽客家妹「嫂嫂」說：「還拉了不少債。」

「我那裡欠工，你來。」

　　我當時哪有興趣？每個星期六夜晚，李桂蘭都靜靜的等在台北火車站。我九點教完最後一節課，騎機車飛也似的穿出基隆，飆過一輛又一輛貨櫃車陣，進入南港，進入台北風情萬種的夜。我的李桂蘭，都整齊端莊的站在火車站前門的拱廊下，每次時間都似乎靜止在十點過一刻。我想起來了，她都先瞪我一眼，說：「怎麼現在才來？」然後我都載她繞到後站附近，那裡有幾間庭園優雅，十分安靜的別館。

我想起來了，她都先瞪我一眼，說：「怎麼現在才來？」

坐在肥料包上呆想，已是黃昏，丟下手中的菸。不遠山嶺下有一間屋子，我要開始找沙幹。小徑下去，來到屋前，算是一棟工寮，但擺置像個「家」，屋內晾了衣服。一個白淨、膚色泛紅的男人正在用餐；見到我，立刻迎站起來。約三十來歲，個子滿高，像「外省人」。

「請問：認不認識沙幹？」

我話音剛落，立刻，他嘹亮直接的聲音回答我：

「歡迎！歡迎！」好像沙幹就在「厝內底」。

「趕快，下麵！」他轉頭對著屋內灶下一聲號令，一個女人動作也快，先端出大碗公的茶，又轉身入內。

「你怎麼來的？先坐。」接去我的背包。颱風過後，他知道來巴陵的山路中斷。

「我是走路來的。」

聽了之後，他哈哈哈的大笑起來，他叫吳紹屏，遼北人。

「沙幹呢？」

女人一鍋熱麵已端在我面前，「厝內底」的沙幹還沒出來。

「先吃麵，沙幹在另一個山頭，別急，我等一下帶你去，要不要喝酒？」

還沒找到沙幹，先遇到我「大哥」；這般光景，和日後踏入我大哥家沒兩樣。他又轉身從白色塑膠水缸內瓢出一碗酒。塑膠水缸透明，半缸蘋果，滿缸琥珀色晶瑩剔透的酒汁。天完全暗下來，他站起來點燈，就是掛在牆上的煤油爐那種，他說：「是馬燈。」

「這裡還沒拉電，你會不會不習慣？」

「水呢？」我問他。沒水洗澡我可活不下去。

「用水管接山水，儲在水缸，夠用。」他說。

吃完麵、喝完酒，他要再瓢，我連忙說：

「夠了，夠了，謝謝！我先找沙幹。」

「也是，反正明天就會見面。」他說。隨即抄出手電筒，套上長筒雨鞋。

「他那一段路晚上不好走，要小心。」

他領我步上山嶺，往更深的山頭走去。滿天星斗，又明又亮。

　　由山嶺稜線步下一條山腰小路，路的一旁山水直淌，如小瀑布；土石路面濕淋淋。又是晚上，多處「獨木橋」濕滑，真的「不好走」，更「要小心」。因在山腰，黑暗中另一側山谷雖然感覺不深，但滑下去也不好玩。

「下面就是沙幹的地。」不久，吳紹屏停下來，對著腳下黑漆漆的山坡說。

星光下，隱約可見一畦一畦的如階平台。我們已走到路的盡頭。

「沙幹就在那。」

「沙——幹——！」他對著左側山徑下約三十公尺處的一間「工寮」高呼一聲，隨即說：「明天見。」轉身回去。

崖　屋

沙幹一下子衝出來，看到我：「阿飛，你來了！」伸手接過我的背包，引我進屋。昏黃的煤油燈掛在竹牆上，我看到客家妹「嫂嫂」，心裡著實有點吃驚，她曬黑了不少；她驚訝的站了起來，幾乎用喊的叫我：

「阿飛呀，是汝啊！」

「山頂啦，啥物攏無，無電啦！」

我知道她的意思，她在為這裡的簡陋不便致上歉意；也知道她的委屈、她現在的處境。

「伊愛來啦，我綴伊乎，會起痟！」（沙幹要來，我跟著他，會發瘋。）

沙幹提來兩瓶米酒，桌上有野菜；竹牆上掛著一盞馬燈（煤油燈），三個小學同窗，重聚在北橫嘎拉賀深山。燈燭搖晃，我看屋內，是「高山族」的竹屋，小時候我看過。進門是放有餐桌的「客廳」，兩側有四間臥房。廚房和浴室共同設在一側面的竹牆外，如同主屋延伸出去的「旁屋」——是在主屋隔壁，放有水缸的灶間。水源是用水管連接，取用上方山溪的山水。

「來！」沙幹很高興的舉起酒碗：

「喝不完的酒，走不完的路。」一飲而盡。

沙幹講話，就像小時候看的武俠小說；有時候看來，他也像「武俠人物」。小時候，功課不錯，也可說是「博覽群籍」——因為他有很多課外書，他家還有「圖書室」；在花蓮市忠義二街木造房子的家裡，他的房間兩面牆上都是書。甚麼：「愛倫坡落魄潦倒，寒冷的冬天只有衣服給他太太當被子。」甚麼：「尼采說：去看女人，要帶一條鞭子。」這些他都知道。站在講台上是「數學小老師」，一手毛筆字，還「練過」。在美崙海邊，算是響噹噹的人物。

「我現在在整理平台……」沙幹在敘述進度。他已傾出所有，還能有甚麼選擇？
「這個我會，我來幫你幾個月。」
「幾個月？你還要走？還沒忘掉李桂蘭？」
「這和她倒沒關係，我可沒房子可賣來換地。」我直接說，想起來自己講話還有一點白目，這是他在七堵時告訴我「以房換地」的事；可不是，若不是不得已，誰願意把身家都當了？這不是小賭注，我連牛仔褲，都只有身上這一條。
「你不要亂講了，人家阿飛有他的事，來就不錯了。」客家妹在旁邊挑野茱，又說：「啥人會綴汝起痟？」（誰會跟著你發瘋？）

沙幹小時候多才藝，在我們班上算是「才子」，還打過棒球。這個客家妹應該是迷他，不顧家庭堅決反對，在沙幹退役後「下嫁」沙幹。娘家和她幾已反目，是娘家不看好的婚

姻；沙幹的幾個舅子，更是視沙幹為冤家寇仇，早已互不來往。客家妹承擔的沉重壓力，不知道浪漫「武俠人物」沙幹有沒有感覺到？

有一年她在花蓮航空站附設的西餐廳彈琴，我穿著軍裝去找她，厚著面皮向她借車資回左營，那時候，她應該已和沙幹交往。我青少年時期的歲月一片慘淡，永遠都會記得人家對我的恩情，我也記得那一次聽到她迴盪的琴聲——《黑夜梟雄》。但一直到後來，我才知道她還有出眾的畫藝，沒有錯，是一位畫家。

她已曬得全身黝黑、風霜留痕，不知挑負了多少刻苦的辛勞？承擔了多少浪漫夢境以外的現實？「沙幹要來」，她是多麼的不願意；所以，她並不喜歡沙幹喝酒，總是在一邊，不靠過來。

「嫂子，請來坐。」我都這樣叫著她，雖然她到現在仍然感到不習慣；但是，沙幹一見面，總是抓著我喊：「兄弟！」我也生性分寸，當然就這樣叫著。這個時候，我希望她坐近一點。想起明恥國小的教室，靠海；想起六年丁班同窗的歲月；想起海關宿舍裡的李桂蘭。

想起明恥國小的教室，
靠海；想起六年丁班同
窗的歲月；想起海關宿
舍裡的李桂蘭。

「阿飛呀！毋好親像伊阿呢，伊是酒鬼啦！」她坐上
來，滿腹心事，幾分蒼涼無奈，但並未提起，我也沒有多
問。她勸我用茶，問同學、問李桂蘭，訴說了前後，交待了
我的房間、用物，然後說：
「我欲去飼奶。」（我要去餵奶。）
我才發覺房間內有一個嬰兒床，靜靜的躺著一個娃兒。臨去
前，她特別的交待：
「你若去厝後壁乎，愛細膩，毋通跋落去。」（你如果去屋
後，要小心，不要跌下去。）
說完，詭譎一笑，算是道晚安。

「明天，紹屏他們會來」，沙幹接著說：
「我們把平台挖完。」

我知道意思——「換工」，我家雖非務農，但見過。以前造
屋、收割，親友鄰舍，常常相互「換工」，今天我去你家出
工，明天你來我家幫忙。互通訊息、智慧與方法，甚至工
具。除了聯絡感情之外，又互助合作有效率。想著也是，這
麼一片山頭，如果單獨一個人在那邊早晚對著太陽幹……
「會起痟」。

　　我和沙幹，又喝了一巡，方各自回房。這個「高山族」
竹屋內的竹床，若非出草英雄，恐怕沒幾個人睡得下。我是
隨遇而安，聽得幾聲屋外鴞鳥「呼—咕、呼—咕」之後，一
覺睡到天亮。

果　農

日頭初上，霧滿山巒，客家妹在灶房忙著，沙幹在
準備用具。我走出來，窗台是竹牆上開一個窗
口，用小竹竿頂著，讓陽光透進去的那種。我特地繞到屋
後，看看是甚麼景象。茫茫大霧下是深谷，不見底的青翠深
谷。原來，沙幹的地是『新興農場』的最西山頭，沙幹把屋
子建在這山頭的最西邊，臨在崖上，當然是:「愛細膩，毋通
跋落去！」

　　我因為要盥洗，所以走回來和客家妹擠在灶旁。這裡氣息不像是鄉村農家，像孤絕的深山獵戶，在電影裡看過；只不過不是獵戶，是農家──果農。

沙幹把屋子建在這山頭的最西邊，臨在崖上，當然是：「愛細膩，毋通跋落去！」

　　穿上長筒雨鞋，防蛇；寬大不知哪來的舊衣褲、戴斗笠、一把鋤頭。走下去，朝未完成的平台直幹，雖然他們還沒下來，但這個我會。昨晚沙幹說：「六分地，砍掉芒草後，可以種植的只有四分。」「吳紹屏的更慘，他租十分，整出來的地只有一半多一點。」「未整地前芒草覆蓋，砍掉芒草，有些是岩層，還有巨石；其他深谷、太陡的山坡，都無法利用。」

　　我看沙幹這片山坡約四十五度，已挖出七八階，長約四

十公尺，寬約二公尺，階距也約二公尺。

「我要挖十六階，其它的不能用。」沙幹曾告訴我：

「會掉下去」。

我也下去看過，坡太陡，人「真的會」「掉下去」。

　　他們來了，沙幹、吳紹屏，還有一位外省「老兵」——居德卿；個子不高，四川人。我還文謅謅的伸手要跟他們握手。沙幹說：「還有一位陳健勝，帶太太下山生產。」山頭一下熱鬧起來，幾把鋤頭「喀！喀！喀！」打挖山腰土石，整出平台。沙幹和吳紹屏有得聊，東山肥料西山植株，天南地北一路故事。居德卿和我比較沉默，看來也比較含蓄。我埋頭苦幹，挖地像在山頭刺殺，又像在陣地挖戰壕散兵坑，似乎是有號令共軍馬上發起攻擊，時間緊迫，不能停止。

太 魯 閣 少 年

幾天之後，沙幹的媽媽來了，和一位「少年人」——他表弟「彼勇」。扛著幾包白米、一些日常用品上山。在這裡白米是奢侈品，不用說，光扛著走，從巴陵到這裡都要走四小時，還是從產業道搭流籠的捷徑。沙幹的平台幾近完成，今天我們都提早收工，上去屋子換洗。沙幹要他們留下來晚餐。彼勇還帶來數十根竹筒飯，那是他們

節慶食物，我高職時去過秀林鄉同學家吃過。他們鋸斷一截
一截的新鮮竹子，一端留節，將淘洗好的米盛入，加入水，
封口後再水煮或燒烤。

　　灶房正忙，沙幹的媽媽和客家妹在裡面；沙幹和表弟在
屋內卸放補給品；老兵坐在屋前窗下的「長竹椅」上；吳紹
屏坐在地面上的「鋤頭柄」，用斗笠搧風。嘻嘻哈哈，山民開
朗快樂。七月正暑，滿身汗。我雖然一身沙土，也得等水缸
邊清閒，我愛水洗，身上黏答答的不好玩。吳紹屏是「讓」
老兵旁的座位給我，這位大哥多我幾歲，處處江湖情義。我
生性內向，又情傷，當時心境並不完全融入這山，常常心思
隨霧飄移，除了來此幫忙開山整地，不懂得人際間細膩的情
誼。我在老兵旁坐下，剛點上菸。突然，寬大的褲襠內——
大腿間，有一條長物在游動；完了！涼滑滑的，我知道是甚
麼東西。我不敢動，上身挺得直直地深怕壓迫到牠。「有
蛇」，我說了一聲。老兵和吳大哥靜了下來，看著我。我慢慢
的站起來，伸手輕輕去解這一條不知沙幹哪來的寬大長褲的
腰扣，輕輕的拉卜拉鍊；然後，兩手將褲口猛然向下掀開，
倏地，一條尺把長青綠色長蛇竄出。

　　「青竹絲！」吳紹屏叫一聲，說：
「有沒有怎樣？我有藥。」
彼勇跑出來看了一下。說也奇怪，我穿長筒雨鞋，這麼一條
「小動物」上我懷裡，我渾然不知，還跟我回家。還好和平

相處，否則就需要吳大哥的藥。沙幹也交待過：「早上起來要
把雨鞋翻過來，敲一敲、抖一抖。」常常抖出二十公分長的
蜈蚣，墨綠色。

　　灶間已忙完，客家妹婆媳招呼我們晚餐。我利用空檔去
灶間水缸旁沖洗，聽說是他堂哥砌的灶，用竹竿吹火的那一
種。升火不簡單，我認識的女人，應該只有客家妹升得起
來；至於李桂蘭，恐怕走到這裡都沒有辦法。

　　今天晚餐最是熱鬧：
「阿匪（阿飛）呀，吃啊！」沙幹媽媽熱情招呼；
「燒餅（紹屏）呀，喝一點酒；」
「老病（老兵）呀，」然後遞一根竹筒飯給居德卿，沙幹媽
媽直接叫他「老兵」。

　　沙幹已過世的繼父是大陸來台的東北人，很疼沙幹這個
唯一義子。繼父在沙幹退役不久後過世，沙幹開始獨當一
面。沙幹也肯幹，在建築事務所做了幾年監工。我發覺，有
許多在都市闖蕩的原住民青年在這個時候心態上產生了極大
的轉折。平原差距，平地社會在文化思想上對原民的刻板歧
視，甚或遭受雇主的欺壓與剝削，原民青年在適應上產生了
磨擦、產生了衝突，和主流社會難以融合。然後，退出主流
社會，經濟上也失去了依附，生活的壓力無情的摧殘了現實
的生活，最後，就像沙幹堂哥一樣，死掉。

　　他堂哥，我認識。這裡開山、闢路、搭獨木橋、建崖屋，還有路徑下方防崩塌的土壩，就是他和沙幹幹的。那時我剛退役回花蓮，他堂哥從三棧帶著一些工具，要去花蓮搭車，路過美侖我家，說是要上山幫沙幹，我才有概念沙幹上山幹活。他堂哥厚實的胸膛，看來就是泰雅族的勇士，和此時坐在桌上扛白米上山的表弟沒兩樣。這些「高山族」人，男的壯碩，女的漂亮；因為經濟因素、生活壓力，讓那些都市巧詐的人口販子，千方百計的覬覦在秀林鄉……

　　「阿飛呀！汝佇想啥？」客家妹看著我。我心緒萬端，像沉默的客人，並沒回她。彼勇敲開一節竹筒飯遞給我，我剝開一截包著竹膜的糯米飯，又想在那裡。彼勇是和善實地的男孩，厚實的胸膛，能幹的雙手。有些人和他們講話，對方都會露出一種令人喜悅和氣的笑容，彼勇就是這樣，實在難得。他秀林國中畢業，和房玉玲一樣，沒再升學，我替他們惋惜他們應該擁有的青春年華；雖然，我的年少時光一樣並不存在。我找居德卿喝一口米酒，居德卿也很和氣，笑著說：「來來來，唉！阿飛呀，山上還不錯吧？」山上當然不錯，尤其是當你在凡間受了傷。這裡的人似乎是充滿了真誠與熱情。

　　我聽到紹屏在討論沙幹堂哥：
「那一排土壩，不知他是怎麼幹的，不知要扛多少土……」
「我們幹了幾個月，扛平台挖下來的土，下雨，有的地方還

垮下來。」沙幹接著說：「唉！自從他太太走了之後，整天喝
酒。」

「他人呢？」我那時才白痴的問了一句。

「唉！」沙幹只是搖頭。

「喝酒死掉。」沙幹媽媽這麼說。

沙幹媽媽並不喝酒，也不喜歡沙幹喝酒，但反應比較溫和，
沒客家妹那麼強烈。我也發覺，原住民都生性知命，不忌諱
死；而且，正在喝酒的人一點都不諱言「喝酒死掉」，好像是
「生死有命」。除了因為「死掉」不能再相聚而不勝唏噓之
外，其他自然得如同莊子之言「其生也天行，其死也物化」。

但是，「喝酒死掉」？比較事實的說法應該是「長期酗酒
而生病死掉。」那麼，為甚麼「長期酗酒」？尤其是原住民
男人，又尤其是從青年踏入「平地社會」過後不久開始。

原住民可說已完全失去賴以為生的家園，就算尚有部分
山林，幾顆辛苦的玉米，如何抵擋社會主流的經濟結構？從
小要困難的依附在主流社會邊緣競爭，在完全弱勢下成長；
這個極度的等差，自始已崩塌了自己的語言、文化，失去了
認同。長大後又失去經濟上的競爭力，連妻子、兒女都保不
住；「太太走了」，當然是為了生活走了，最後失去了尊嚴。
所以，正確的說法是「鬱悶」死掉，是「生活的壓力」死
掉，是「失去生命的尊嚴」死掉。

　　「阿飛呀！」吳大哥喝酒會臉紅，舉碗叫我，說：「喝完我要走了。」我和沙幹、老兵一起喝完殘酒。吳大哥又說：「彼勇就是好，不抽菸、不喝酒。」轉身和老兵出門，我送他們出去。明天，要去紹屏山上。

紹 屏 山 上

　　清晨，濃濃的山林氣息，我在灶間盥洗，出神的望著無邊無際的迷濛大霧，罩滿山谷。想起了一些臺灣山地的地名：霧台、霧峰、霧社……，比較起了車水馬龍的忠孝西路，也想起了和李桂蘭相會的別館。我像置身在人生的迷霧中，走不出來……

「好天氣才會這樣。」客家妹不知甚麼時候已來到身邊，好像知道我的心事，又說：

「不要再傷心了。」

我知道雙眼藏不住悲傷，不敢看她，輕聲的道聲：「早！」走出灶間。

　　果然，早餐過後，霞光漸次耀眼，白霧消散；山巒一片金黃，是「好天氣」。我站在竹屋前向遠山眺望——有些已成株的果林，排列整齊；有些是剛整過地的平台，土壤新黃；有的山頭仍然整片荒草。我特意向東望，看看能不能看到嘎

拉賀部落，但群山渺渺，房玉玲不知道怎麼樣？很想念她，
心裡聲響著她清脆滴落的所有言語。

　　和沙幹、彼勇來到吳大哥山頭，今天帶的是長柄彎刀，
砍草用的。吳大哥的這片山坪覆蓋著一整片芒草。不遠空地
上站著吳大哥、老兵，另外一位比我稍高的年青人極為面
熟，我想起來了，在崩塌路段相會的那一對夫婦。
「來，我給你們介紹，」吳大哥扶著我的肩說道：
「這位是沙幹的朋友，來幫沙幹的忙。」
「很會做喔，不輸給『山地人』。」
這時那位年青人也看著我，但很像記不得我，只是和氣老實
的微笑。
吳大哥說：「他是陳健勝。」
陳健勝伸出手，我和他握手時問他：「你太太呢？」大家有一
點會意不過來，我說：「來時路上相遇，還打過招呼。」話題
一下熱絡起來，十分溫暖。
「人就是這樣！人就是這樣！」老兵若有所思的說。

　　聽吳大哥說：他的地，東邊山坪的已成株，「陸奧」蘋果
已栽植第四年，去年初結；但初結不收，全數落果，一些就
成了大水缸內的蘋果酒。西邊山坪，現在才開始整地，要先
幹掉整片覆蓋山坡的芒草。當時的工法順序是：整地、開
台、植株、搭架、壓條，第三年就能結果。第四年以後，才
真正採收，有經濟收益。此後，幾乎可採收四十年。「四十

年？」那不正是一個人的職業生涯？我想起梨山的果農，就是梨山賓館前面馬路坡下那幾排豪華的洋房，我騎機車過中橫時去找過職校同學，那裡也住泰雅族人。

大家上下散開，嚓！嚓！嚓！一刀一刀橫向前進。草比身長，粗過瓶頸，密麻成片覆蓋整座山頭。我好像做甚麼事都賣力，前進最快，屏住呼吸，快速猛勁揮砍十刀才換一口氣。大太陽下，半山腰間，永不停止。我一個人隨山腰深入，沙幹他們早已在後頭不見蹤影。直到「喀！」一聲，彎刀斷裂，才走回去換刀。吳大哥他們坐在地上休息，吳太太提來一大壺水，又回去了。水質甘甜，我喝了幾碗，換把刀，又上前拚殺。越砍越快，直到盡頭，已是响午，走回去用飯。

也是吳太太帶來的飯，就在山腰間席地裹腹。我記起他們擺置像個「家」的工寮，就在不遠的山坳。記起了我走了一天山路的那天晚上，吃到她煮的第一碗麵。是來到這裡的人都有心事？或是女人在這裡少了胭脂妝點，缺少了那點自信，吳太太也安靜少言，都聽吳大哥號令。我和女朋友只吵一次架，就「再見」了；想一想沙幹和吳大哥還真有辦法，有女人願意胼手胝足的跟到荒山地極。

休息間，我隱約知道吳大哥為甚麼來這裡開山，我聽到他說：「坐了三年大牢……」甚麼：「死了一個人……」「本來

沒事，我在庭上大罵法官……」我落落寡歡，沒問發生甚麼事；但我知道，有些人就是寧可在山上苦幹，也不想在山下聽人廢話。我又想到了沙幹為了那一批「被人百般『糟蹋』的『番仔』板模工」，「在跑路」，最後離開了建築事務所。

　　陳健勝和我比較投緣，他看著我說：

「你做事抵兩個人，我要叫我弟弟來，順便帶幾條大魚。」意思是要叫弟弟來抵工，並要請我吃飯的意思。原來，他家住在石門水庫附近，並從事淡水養殖。他桃園農校森林科畢業，來這裡算是「學以致用」。我又問起他太太，他「唉！」了一聲，搖搖頭，我不知道是甚麼意思。後來，我稍微知道了：就是管他管得嚴，算是兇悍、善嫉的那一種。那是過幾天，我們去他的山頭植苗，多來了一位叫 Pitai（比黛）的女工，聽說是住在下方山區『光華』，約 27、8 歲的泰雅族婦人，雖然一身頭巾，但看起來十分漂亮。她當時在整理苗株，70 年代（民國）的好像都是「陸奧」嫁接苗。陳健勝可能是叮嚀工作，是否和她在平台上「多講了幾句話」。突然，高遠處先傳來一陣泰雅語罵聲，他太太也不管全場眾人，站在大岩石上，扯開嗓門高聲尖罵：

「古巴安（陳健勝的泰雅名字）！你不要亂來——，你的『那個』會爛掉——！」

我先是聽不懂；沙幹他們習以為常，低頭在笑；陳健勝尷尬的搖搖頭；那位女工，頭低低的，一整天都沒和人說話。

　　山上天黑得早，天色漸暗，吳大哥要收工，我說：
「看得到，還可以再幹。」
吳大哥戴著斗笠，拄著長刀在地，看著我又笑了。沙幹說：
「阿飛呀！做不完的工、砍不盡的草、喝不完的酒、玩不盡
的女人……」
大家都在笑。

羅　信

　　陳健勝的弟弟帶幾條石門水庫的大草魚來了，就是
在他哥哥山頭植苗的那一天。他叫 Losing（羅
信）——陳健雄；中等身材，長得英挺，有一點像當紅的亞
蘭德倫。我以為讀高中，但他說：「幾天前退役，剛回來。」
應該小我一點。這位「小生」，身手敏捷、個性驃悍，殺蛇、
殺狗都直接了當。當天，正要收工——「有蛇！」那位叫比
黛的女工，腰端著鋁製水盆看著不遠處輕呼一聲，一條長蛇
甚麼地方不去，正從土階平台上滑溜下來，大家都轉身靠上
去，蛇驚慌往遠處竄。我看過彼勇在沙幹的山頭上拿過蛇，
心想彼勇這次如何下手。想不到羅信搶先追捕，疾步狂追，
腳步未停，俯身伸手，抓住蛇尾往後拉，在半空中畫個圓，
向前方土石用力拍擊，「啪！」的一聲，鬆手迅速抓向蛇頸，
就這樣抓回來。是一條眼鏡蛇，還在羅信手腕上掙扎盤繞；

我看得精彩，哈哈大笑，比美武松景陽崗打虎。大家論頭、論尾、論中段：吳大哥說蛇膽明目；沙幹說他要蛇鞭；居德卿說蛇酒壯陽，有女眷的要喝；我也說蛇湯是美容聖品，女生喝最好，替女人發言，雖然我自己不敢喝。一路嘻嘻哈哈走回陳健勝工寮；沙幹唱道：

妳可以拋棄我，
也可以玩弄我，
雖然妳不再愛我，
見面也該說哈囉……

這是他的主題曲。我和比黛走在後頭，幫忙拿一些工具。

那一晚陳健勝在山頭上的「家」請我們吃飯。女主人招待來客，也高興小叔上山，當晚陳太太如設宴席。大鍋魚湯、烤山豬、炒箭筍，蛇湯也在桌上。羅信料理蛇肉我稍微看了一眼，割喉、剝皮，不費功夫。還真的肝、膽區分，料在碗裡。沙幹的「鞭」最是慎重，他仔細的泡入米酒瓶內，席間，還拿出來舉高對著馬燈端詳，很滿意的樣子；陳太太看了哈哈大笑，「十分有感」，笑彎了腰。

陳太太叫 Rawa（拉娃），健談外向，熱情的招呼我這個外地人，她說：
「小飛呀！喝一點酒，這裡沒甚麼啦，我們就是這樣。」

又說：她娘家住 Sibunao（色霧鬧），也是深山，讀桃農時認識陳健勝。

「住校嗎？」我想像那個我熟悉的歲月景象。

「是呀，一學期才回來一次，禮拜天都留在學校，和陳健勝他們一起開飯。」

「爲甚麼嫁給他？」我笑著問；想起了人生的起伏轉折，每個看似平凡的人生流水，都常發生過驚駭的波濤，隱藏著刻骨銘心的記憶。

「可憐他呀！看他傻傻的，都沒甚麼女朋友。」陳太太說著，他們很會開玩笑。

沙幹和客家妹是同窗，陳健勝和拉娃是校友，我想他們眞幸福，有共同的記憶。拉娃又問：

「你太太呢？女朋友呢？」女人比較會問這些。

我說：「還在找。」

她說：「比黛給你當女朋友，她現在沒有先生。」

話題轉到比黛身上，她就坐在我旁邊，我轉頭看她泛紅的臉、挺直的鼻梁；太陽曬了一天，她都安靜沒說話。

「妳先生呢？」我以爲是離婚。比黛說：

「他死了。」我又白痴一次，說：

「不好意思。」看著她，不敢多問。吳大哥說：

「奇怪，他到底是怎麼死的，當時『司馬庫斯』好像死了不少人。」

『司馬庫斯』？我還是第一次聽到，又爲甚麼「死了不少人」？

「我們也不知道，早上上工回來，吃過中飯，下午就死了。」比黛說：「衛生所有派人來看，也不知道原因，只說：可能是喝酒。」
「因爲他中午有喝酒。」接著又說：
「村子裡有好幾個人都是這樣。」

拉娃又問：「你太太呢？女朋友呢？」女人比較會問這些。
我說：「還在找。」
她說：「比黛給你當女朋友，她現在沒有先生。」

　　那時候，我才更明白當地的地理位置：由本島東來，『嘎拉賀』算是最後有人居住的地方；由本島西來，『司馬庫斯』算是最後有人居住的地方。兩「香格里拉」部落在白雲間隔著山谷遙望相對，都是泰雅族人；中隔群山，大漢溪源流中穿，自古爲獵場互有爭戰，現今通婚姻互相來往；她先生是司馬庫斯人，也十分自然。只是，爲什麼「中午吃過飯，下午就死了？」該不會是毒殺親夫吧？我竟然「替她緊張」起

來，想起了〈潘金蓮藥鴆武大郎〉；但是，她看起來並不隨便。

「當天他做甚麼工作？」我問她。

「在甜柿園除草打農藥。」她說。

我聽了嚇一跳，這是死亡的動作。

應該是農藥中毒，這些原住民太疏忽大意。「打農藥」，一次、兩次，看來沒事；但農藥多少會殘留在頭髮、口鼻、雙手、皮膚；如果沒喝酒，只不過少量侵入體內，影響健康。但是，只要喝了一口酒，就完全不一樣了；酒會以百倍的力道發揮完全的藥毒，循環體內五臟六腑，奪人性命，這是我從小就知道的事實。因為小時候，常常聽說某某人上午打農藥沒事，下午就死了，他們中午都有喝酒。我媽媽特別交代：如果接觸農藥，全身要洗乾淨才可以吃東西。但她只講對了一半，重點是：如果接觸農藥，當天絕對不能喝酒。

「『司馬庫斯』是甚麼意思？」我又問起『司馬庫斯』的事。比黛說：「我們河這一邊的人（族群）是 Knazi，他們那一邊的（族群）是 Smangus」，「Smangus 是一種樹木（塔塔加櫟），也就是 Smangus（櫟樹）很多，土地資源很豐富的意思。」

一個民族多支，尋找資源遷徙、狩獵移居、互相爭戰或政治流離，是歷史洪河訴說不完的故事。近代影響最深遠、最激烈壯闊的應該是莫那魯道的起事。我不明白的是：他應

該可以選擇分散族人，再入群山深處，尋找到有生活資源的
地方，延續族人命脈。就算避難更深山，泰雅族人豈不能生
存？但他應該有他靈魂深處的決志，要徹底的告訴他的敵
人，泰雅族人之不可欺侮。誠然是「以小我的生命，換永續
的圖騰。」如此想來，莫那魯道是泰雅族人眞正偉大的民族
英雄。

　　「怎麼去？」我又問。
「在那一邊，走路要走一天。」
比黛訴說著昔日兩部落間曾經有過的恩怨，與現今的來往─
─如何徒步涉溪、穿梭叢林、狩獵交會於山道、歡聚篝火於
林間。我彷彿聽見亙古歲月翻滾的溪流，訴說著山谷間綿延
的故事。
我再問：
「從哪裡去？」我以爲直接向西，先下山谷。
「下面 Hakawan（光華部落）那裡有路，我們這裡也可以
走。」比黛說。
「我是沒去過，但我知道從這裡去就是山嶺上這一條稜線，
也就是由稜線轉入你們家（沙幹竹屋）那一條路前面上
去。」吳大哥說。

　　在比黛他們的說明之下，我有了更清楚的輪廓。沙幹的
竹屋建在崖邊，是這一片農場的最西端；那麼，也就是本島
由東算來，深山有人居住的最後一家「住戶」，如果工寮編有

門號，會是倒數天下第一號。屋後山崖深谷，再走一天會走到『司馬庫斯』，那裡將會有本島由西算來，深山裡有人居住的最後一家「住戶」。而且，從這裡去，不是往西，那是直落山谷，而是先往北。就是回沙幹工寮時，在路的盡頭，往左下坡是沙幹工寮，往右越過山嶺往北，是去『司馬庫斯』的路；迂迴向西要走一天，席間只有住光華的比黛去過。

　　我對沙幹竹屋前越過山嶺往北的天地充滿了好奇。趁著他們飲酒歡笑時，要求比黛說：「有空帶我去，走一段就好。」我們相約就在中秋節當天早上霧散時分，在沙幹的工寮上方，路的盡頭見面。山間無歲月，不知日與年；但他們說中秋節快到了，因為老兵說「中秋夜，要做烙餅請我們」。吳大哥說：「有空的過去喝酒，因為中秋節，有的人要下山。」想來，來巴陵的桃園客運早通車了。

中　秋

　　這幾天都在吳大哥和老兵的山頭作業，除草或「去袋」，「去袋」就是把兩個月前套上的果袋摘除。「套袋」，主要是防病蟲害，吳大哥說：還有著色或圖案的作用甚麼的。而果實長大之後要「去袋」，是要讓果實曬到陽光，讓蘋果有自然的色澤，他們再過兩個月就要收果了。

　　明天就是中秋。日落時分，我和沙幹專程去老兵家吃飯。老兵家在沙幹媽媽的菇寮再過去一個山彎，上方就是他的地。我原本以為，來這裡墾殖的人，都是單身羅漢，但我認識的鄰近山頭主人，竟然都有家眷。居德卿有個胖胖山東太太，濃濃的山東口音，我幾乎聽不懂，我們去時她正在煎打烙餅。他太太我見過，她在後院用竹籬圍起一座菜園，約籃球場大小。沒挖圍、沒開畦，地面上種滿各種「高冷」蔬菜。高麗菜、青江菜、蔥、蒜、辣椒，密密麻麻，青翠肥大，是附近稀落山民的蔬菜供應中心，我和客家妹來買過。今晚只有我和沙幹來，大家都很高興。我趨向灶間向居太太說：「我來吃烙餅。」居太太哈哈大笑，濃濃的山東口音說：「你就坐，快快就好！」沙幹也跑上來，先找酒。

　　酥香的烙餅、黃澄澄的蘋果酒；土雞、青菜、野蕨都有。真是難得的中秋夜。我當過兵，喜歡和老兵講話，問了不少事。

居德卿說：

「我住四川，在樂山附近，有『大佛』那裡。」

「你怎麼過來的？」我好奇的問他。

「16 歲流亡到四川璧山，加入青年軍。」喝一口酒，他又說：「一路和八路打。」他翻開了記憶的篇章。

「被陳毅打散了，又整編，部隊打到安徽，時局大亂。」

「後來奉令轉進到臺灣，就在蕪湖搭船，37 年來到鳳山，我剛 19 歲。」

「聽說那時候孫立人在鳳山練新軍。」沙幹說：「很能打。」

「可不是！」居德卿接著說：

「整天操練，喊著不怕苦！不怕難！不怕死！」「要一年準備，二年反攻。」「那時候時局緊張，共產黨就要拿廈門、金門。」他說：

「38年我們緊急移防金門，結果大嶝、廈門馬上掉了，就碰上古寧頭。」他在說古寧頭戰役：

「我們知道他馬上打過來，日以繼夜挖工事、連日演習。」

「沒有材料，我們拆了寺廟、也拆祠堂，還用墓碑做碉堡。」我聽得仔細，他又說：

「10月25日三更半夜，突然，槍聲爆響，砲火衝天，海面亮如白晝（大概是照明彈）；」

「海上都是機動船，共軍一波一波登上來，要登陸上來把金門切成兩半，金門是這個樣子……」他用筷子沾著酒在桌面上畫個像啞鈴的形狀。

「要從中間打上來。」

剛好，那裡是我們演習的地方，早有工事、土堡；所有據點堡，全就崗位還擊。我們用卡賓槍打、機槍掃射，大部分打死在沙灘上。」

「還有很多突圍上來，竄入高地、後方村落；第二天，也被我們包圍，先喊話，再逐屋搜索，全部打死。」

「有的打死在甘藷田裡，（屍體）好久都沒人收。」

「後來甘藷長得這麼大！」他用手比著，像一顆小冬瓜。

他又補了一句：

「但沒人敢吃。」

「我們這一團青年軍也死了很多人，都不到 20 歲……」我聽得恍然入神，想起了屈原九歌的國殤：

> 天時懟兮威靈怒，嚴殺盡兮棄原野。
> 出不入兮往不反，平原忽兮路超遠。

在那個動亂的年代，流離失所的歲月，捐軀疆場的青年屍骨，成了田壟上無人顧及的遊蕩亡魂；果然！居德卿接著說：

「後來金門到處都是靈異，很多鬼。」

「很多人看（到）了，在邊邊（好像是說路邊的意思）站；林厝、北山最多，」「入夜鬼聲啾啾，還有動作口令。」「晚上都是雙哨，沒人敢去海邊……」

　　沙幹前不久駐守過馬祖，感觸良深，搖頭歎息，噓唏不已。而我對這些渡海來臺的軍人，除了充滿敬意與同情之外，也感到特別的親切。他們有很多人也許是因為苦難的磨練或殘酷的經歷，對人都有一種寬容與大度的胸襟，和藹可親、直接爽朗，忍耐中不與人計較。我從童年時、小學、高職、服役到現在，都曾體認過他們的溫暖，也喜歡和他們講話。

　　「你怎麼會來這裡的呢？」我又問居德卿。

「我是上士，上士五十歲除役，本來在板橋做早餐；」「後來經同鄉介紹，轉租別人的地，原承租戶姓徐，已轉業到武陵農場，我就租下來……」

　　月光轉窗牖，這個中秋夜晚，我們相聚共觴；聽他訴說大時代下命運無情的刻痕。塵封的記憶，雖然早已轉入臺灣深山夜半濛霧裡的夢；但在此時，晶瑩剔透的蘋果汁液，卻又浮映著昔日的遺憾。轉戰的艱辛，離鄉背井的悲痛，在瀲灩的山林月色下，杯酒歷歷，盡是驚心的流亡。不知歲月是否已癒合了他們的傷痕？還是就是因為歲月，才使傷痕永遠無法癒合？

　　我與沙幹告別老兵時，已是三更半夜；沙幹手中還拎著一瓶米酒，走在前面，沒頭沒尾的說了一句：「阿飛，把李桂蘭忘了吧，跟我留下來。」隨後灌了一口酒，吟唱道：

　　　　明月幾時有？把酒問青天，不
　　　　知天上宮闕，今夕是何年……

神 木 林

第二天，我沒忘記和比黛的約會。清晨盥洗後換上來時的裝扮——球鞋、牛仔褲、白襯衫；套上軍用腰帶，掛上水壺，要去遠足。背包裡有兩個飯糰和香菸，還特意洗了沾滿泥土的藍色兩截式雨衣，我只套上上衣當夾克，恢復了我在都會的神貌。走上山腰小路，看到比黛在小路的盡頭，就是深谷的邊緣。走上前，她也穿牛仔褲、球鞋，和一件淺藍白邊運動外套；又似乎刻意妝扮，塗了口紅。我有點緊張、新奇又高興，笑了起來。她只淺淺的回我一笑，頭一低，回頭就走；好像是有心事，又好像不想要被人發現。

這條小路因少有人來，芒草高過頂，平常都不知道盡頭還有路；但撥開芒草順著崖邊越過山嶺往北，是一條直上的路。路已稍寬，兩旁芒草密麻如林，風和日麗。我一路跟著她。不多久，穿過芒草林，突然豁然開朗，一大片淺草緩坡，山花點點；大地還竄出株株野百合，視野極佳。我詫異極了，哈哈大笑，說不出極度的高興、新奇，對著青天白雲狂笑不止。雖然飄零在深山裡，但此時心裡的滿足與感動，霎時間早已癒合了情傷，掩過了痛苦的記憶。

大笑一陣，轉過身面向山谷坐下來抽菸，我知道比黛也

坐在身後高處。這是遠足，也是約會。我沒有請她吃飯，沒有請她看電影，沒有奔波尋找在台北的街道，沒有要求，沒有答應。我突然覺得我虧欠她甚麼？站起來，向後迎上去，摘下在台北街道捐血時受贈的白鐵項鍊，扣在她的頸間，我記得有一個鑲紅邊心型的墜子。

「要送給我？」她抬頭望我，我才發覺她的眼眉彎彎，非常好看；鼻子挺挺尖尖，膚色白皙，好像外國人。

「我以後賺到錢，會送妳更好的。」雖然，我不知道那是甚麼時候。我握緊她的手往前走，她縮手掙扎，說：

「我的手很粗糙……」

「沒關係呀，那是辛勤的表現，辛勤的女人很動人美麗。」我也不太會講話，但我真的不介意握住她那有些沙沙的手。就這樣揉搓她的掌心、手指，換我在前，一路蜿蜒，拉她上山。

到山頂，是一處高大喬木林的入口，入口處是一片空地，正好像休息站。四處林冠高聳，天籟唧唧，蟬鳴價響，非常涼爽舒適。

「這裡是神木林，小時候常來玩。」比黛說。

果然，林木高大，棵棵高聳入雲。正前方坡上一棵喬木尤為巨大，根基綜錯，布滿苔衣；落在地上的枯枝，枝狀針葉平展，看來應是紅檜。

「穿過去就要下山谷，」

比黛看向這條進入茂林後開始左轉的小徑前方，說：

「走到黃昏就到了。」

我看去，陰暗、神祕，充滿了誘惑。我說：

「到這邊就好。」

沙幹的名言：「走不完的路。」況且，我只要求走一段，難不成，要像長不大的孩子，向比黛要賴？山區天黑得早，午後雲幻霧起，休息一下，也好下山。

這個天然的休息站像一個大山洞的入口，並不平整；左邊有一棵喬木大約二公尺以下的樹皮都遭人環狀剝除，我問比黛說：「是怎麼了？」

她說：「是肉桂。」「被過路的人拔去吃。」

我沒看過肉桂，想仔細的端詳，但枝葉太高，攀採不到。但叫比黛站在我肩上，也摘下高處的一片皮，咬在嘴裡，果然辛辣甘甜。一棵失去大片皮的肉桂樹，看起來怪可憐，只因為它有香氣。人說：匹夫無罪，懷璧其罪；我想起了莊子無用的哲學——「桂可食，故伐之」，也想起了秀林鄉的一些少女。

邊走邊看，我問了不少事：

她告訴我：她有一個小孩，四歲了，在光華家裡。

「妳出來時，誰帶？」

「媽媽幫忙帶。」她說：

「我就要去平鎮工作，住我姐姐家。」

「平鎮哪裡？」我在注意聽，平鎮我熟，和李桂蘭常去那裡

找她妹妹李琦慧。

「山子頂。」

「山子頂？」我更熟了，有很多客家人。有一回在軍中，去同袍家做客，還和他在附近急湍湍的水圳中游泳。陸軍兵工學校也在那片岡巒上。我突然想到甚麼，問說：

「姐姐嫁外省人嗎？」她點點頭說：

「是軍人，是一位營長。」

「甚麼樣的工作？」我問的仔細，我在意她要走。

「是成衣廠的工作，我姐姐也在那裡。」

「甚麼時候去？」

「我姐姐已在光華家要接我去，但我要來見過你再走。」我聽得心口跳了一下，既心動又心酸，沒想到我們第一次見面就是她前來分手的告別，早上癒合的傷口好像又要崩裂。我強忍著，知道應該祝福她的明天，想著我的處境，還有甚麼我可以付出的情誼。

「妳會再嫁人嗎？」我問她。

「有人在介紹。」她輕輕的說著，聲音好像快消失的雲霧。那時候的女人，尤其是這樣夫喪子幼的情況，似乎只能順著環境，自己做不了主。我握著她的手，算是安慰，也是鼓勵。同是天涯失路，誰不是呢？在這山上的每一個人。

　晴陽漸去，天氣轉陰；離開神木林我們一路下山。進入芒草林時，開始飄下細雨。離出林不遠，上空一時乍暗，突旋陣風；繼而「颼啦！」一聲，大雨傾盆而下。我正奇異山

區天候的幻化，風雲詭譎；比黛突然從身後拉住我的衣角，
往左側的芒草叢中就鑽，俐落的撥開濃密芒葉，變成一座隱
密芒棚，完全隔絕了雨水。這突如其來的變化，半響使我心
搖神迷，如置身虛幻。原來，經年累月的芒草落葉，早已在
地表鋪上一層天然乾毯；芒草林尤密，尚未降到地表的枯
葉，層層橫錯莖間、披掛葉上。上下撥開、前後推移，正好
坐在厚實的乾芒葉上，避風避雨，溫暖舒適；可以隨意靠
躺，恍如童夢世界。

隨而恣意的脫去半截雨衣、軍用腰帶、襯衫。好多年過
去，我一直回想在那荒山芒林，風起雨落的山路上；在那沒
有風聲、沒有雨水的芒草叢裡，天地替我們安排了甚麼？不
要使我們淡然分離，要留下深刻的印記？

她脫去半濕的運動外套，我已拉她到胸前，輕撫她的胸
口，她自己卻解開了衣衫。溫熱的肌膚燙在胸前，微喘的心
跳常常喚醒了我流離的睡夢；我才知道我多麼寂寞，多麼想
要喚回昔日有過的頸項髮際間的溫存。過了多少時候？傾訴
了多少愛憐？再多的叮嚀囑咐又有甚麼用？我們都知道彼此
的交會就在此時，在雨中的芒林。過後的行蹤將是越去越
遠，只能在夢裡追憶，我還能為她做甚麼？我的傷口不是已
經好了？怎麼又突然翻湧，陣陣難安？

　　我想到李桂蘭告訴我：她爸爸說：「我沒有穩定的工作。」沒有錯，當汽車教練不算是甚麼穩定的工作，愛情與麵包是十分聯結。但我剛退伍，如何的「穩定」法？我還向李桂蘭張口答辯說：「我還有『可塑性』。」意思是說我剛退伍，會有不一樣的明天。但他媽的，講出這種沒說服力又可憐好笑的話，我自己都覺得後悔、難過；心想如果下山，一定要好好的「可塑」自己，要堅固的「穩定」明天。

　　我對比黛說：「當我安定下來，我會去山仔頂找妳。」她在我胸口點頭，語音不安的問：「甚麼時候？」
「甚麼時候？」我心中一陣劇痛，狠下心的說：「我會去找妳，妳勇敢走妳的路，不用等我。」我知道我是傷了她，但沒這樣說，會傷得她更長遠。不知是感到虧欠，或是想表明我心裡還有她，想留住甚麼？我說：「我認妳當姊姊。」我知道那時候的閩南人，不能結合的戀人，就以兄妹或姐弟相認，我心虛的怕她認為我在搪塞卸責。
「就只能這樣了，你不要忘記我。」她說。
她是否知道我多麼想要的依賴？我心中的難捨？
但再怎麼不願意，總要離開這裡。雨停了，鑽出隱密芒棚，夜幕罩滿群山，月亮忽隱忽現。相依偎的走下這片沾滿雨水的芒林小徑，希望這條路徑永遠走不完，希望夜色永遠不要褪去，希望能用一切換得疲憊身心的歸宿、換得目前的溫暖；但是呀！難相見的明天就要到來。

　　黑暗中走出芒林，越過谷邊，我扶她轉過山腰，接上沙幹竹屋上方通往稜線的山腰小路。我要一路送她回光華，這是我們在這裡相處的僅有時光，別離就在天明。

　　第二天近午時分，我才回到沙幹的竹屋，客家妹著急的問我：「你去哪裡？」我沒有回話，飯也沒吃，直接走進我房間在竹床上蒙頭昏睡。我知道我漸次癒合的傷痕再度撕裂，清晰的意識如未包紮的創口，炎熱、炙痛；睡夢是唯一緩和痛楚的膏油。殘缺斷續的夢中，交替著這一段窒息般的別離──當日清晨我們走到光華，走到她家。在原始分散的聚落木屋裡，我看到她的媽媽、她的小男孩，和前來接她去中壢的姐姐。我在她家喝一點小米粥，沒有說話。看著她們整理包袱，她們只當我是送比黛回家的外地工人。最後，在屋前的水梨樹下，看著她姐姐用機車載她，她側坐；我想起土石山路的危險，對她最後的叮嚀是：「為了安全，最好跨坐，並且抱腰。」她照做，看我一眼，隨後低頭，機車遠去。

　　我變得更靜了，幾乎都沒說話。也沒吃飯，只把客家妹做的乾飯，挖一點熬成很稀的粥，喝一點。客家妹以為我在為李桂蘭悲傷，也算是。但我是在想比黛，想風起雨落的芒草林。人是血肉，如何說我善感？善感是知道無情主宰的神明，刻骨銘心是因為繽紛多變的世界。生命是壯闊的河流，波濤洶湧；真心的擁抱別人，是誠實的面對自己。最後，哭泣該是無助的嘆息。

秋　探

秋分過後，他們開始收果。除了沙幹之外，這裡墾殖的果農大都有部分成果可收。我和沙幹分別去吳大哥和居德卿的山頭幫忙。蘋果都經過接枝、壓條矮化，站著即可採。但要小心呵護，勿傷了辛勞成果；也勿硬拉，將事倍功半。採果時順手先轉，再拉提，即蒂果分離。採入袋中，倒入筐裡，抬上稜線，小貨車載往流籠基站，運往光華包商處，在那裡篩選裝箱。作業原始，都是勞力。在這偏遠山中，我擔憂他們的獲利能力，是不是能找回各樣成本？太小的或受傷的蘋果就帶回去釀酒。釀蘋果酒簡單，找一個水缸，一層果，撒些糖；再一層果，撒些糖；最後，灌下幾箱米酒助勢，封起來，一個月就可以喝了。

沙幹的地已挖完十六階，越下方坡越陡，越是叢林茂密，走下去像在探險。我時常想再下去看看，但實在沒有路，也就作罷。只坐在最下階的平台上，抽著菸，看這下方茂林遮蔽的山谷，想沙幹的夢。他不久就要植株了，聽沙幹講：有專人育種，有專人嫁接，都是向果苗商買已稼接好帶土球的果苗。之後，最快也要三年，才能收成。想比黛，不知她怎麼樣了？在這個地方，想寫信給她也不可能，不僅沒有地址，而且最近的郵政代辦所在光華；而郵差，只到巴陵。至於李桂蘭，我不明白的是：為什麼吵一次架，就變成

這樣？我們鬧彆扭時，沙幹曾去找過她，回來時沙幹說：「看她的眼神，就感覺人很絕情」；我還替她說項，說：「也不能這麼講，人總有選擇。」對了！我差點忘了房玉玲，那個「小孩子」，在這除了鄰近果園主人外不見半個人影的大片山嶺上，還有一位住在竹林旁的小女生，在那平坦的小台地上。她說話和李桂蘭很像，清脆悅耳，直接清朗；言語自然，舉止大方。

　　菸一支接一支的燃燒，這荒山深谷的寧靜，緩和了我不少衝動的性情，沉澱了一些奔波的挫折和人生迷途的焦慮。天色漸暗霧漸濃，我才起身走向上方，回沙幹的崖屋。

雨　季

　　開始下雨，我做事可以不分晴雨日夜，但他們習慣下雨停工。下雨停工只有兩件事：第一、是去別的山頭喝酒閒聊。這是沙幹的事，我從來沒去過，也不知道他去哪裡？我不是坐在靠近灶間屋簷下的長竹椅上看著濛濛雨霧抽菸，就是在竹床上「對著土堆」睡覺。說是「土堆」，因為竹床下就是土，竹牆外也是土，我還看過沙幹把菸蒂從竹牆縫隙間彈出去。第二、是去山間採集，沙幹稱：「搜山」。穿上雨衣、雨鞋，背著籃框。大部分是找平緩的台地，

一字排開，在山野草地上採集野菇、野菜、野芋、野當歸、野人蔘、八角蓮之類的「野生植物」。八角蓮專給吳大哥，他識得八角蓮，專治毒蛇咬傷，也識得其他藥材。若非太陽曬得褐紅，他應該是白白淨淨，高高的個子，一副濟世保生斯文樣。沙幹媽媽主採野芋，當主食，這種無毒野生小芋頭，她分得清；餐桌上她都剝下一片一片野芋皮，然後將拇指粗一點並無味道的白色芋頭放在嘴裡，留下辛苦運上山的白米飯給我們吃。我喜歡採龍葵（烏甜仔），煮得湯喝很清爽。最後，我們都會走到沙幹媽媽的「迷你」香菇寮。這座她自己蓋的香菇寮低矮狹小，「走道」只能容納一二個人。香菇生長需要陰暗、潮濕的環境，故菇寮四周上下還覆蓋著農家常用的「黑網仔布」。以前是「段木」法種香菇，先以適合搬運的長度，鋸斷相思樹或楓木的樹幹，在樹幹上打洞，植入買來的菌種，再用木屑封起來。她的菇寮內只有二三十根段木斜立在竹牆邊，我記得我還進去敲打段木，好像菌種須要震動才會生長。之後，她會採下一些冒長出來的香菇，掩上寮門，在小雨中，走向回家的路。沙幹的家在最西，走到最後，就剩下我們。我都會發覺一件事，客家妹都慢慢的走在最後頭，頭低低的，「毋知佇想啥？」

最後，我們都會走到沙幹媽媽的「迷你」香菇寮。這座她自己蓋的香菇寮低矮狹小，「走道」只能容納一二個人。

　　雨持續的下著，滴滴答答敲打在鐵皮屋頂，我總是坐在屋簷下那一排長竹椅上，點著菸看起伏山巒的飄濛雨霧。比黛會不會突然回來？我往左上方望去；她會不會突然出現在山腰上小路的盡頭？就是那深谷的邊緣？小徑兩旁高過頂的荒草，也許她來過，只是不敢下來。房玉玲也不知怎麼樣了，我又往右方嘎拉賀的方向望去，心中一陣胡思亂想。沙幹早已不知去向，他媽媽和彼勇也已下山，客家妹在陰暗屋內照料娃娃或挑揀野菜；她心事太多，並未完全表達。時光在濕潤、靜謐的山中停止。下午時分，我走入屋內，陰暗中看到客家妹正穿好雨衣，對我說：
「阿飛：我們去找沙幹。」
「找沙幹？他怎麼了？」

「你跟我去就是。」她嚴肅的沒多說話。

我們沿著這裡唯一的山腰小路向嘎拉賀走去，這是我來到這裡第二次回頭走這麼遠，第一次是送比黛回光華的夜晚。小路連接到山嶺稜線後，變得空曠好走。經過吳大哥的果林，之後就是那堆置肥料包的山頭，那裡應該是此處的集散中心，架有纜車吊索——吊上去的生產原料轉運到農場東邊墾地；吊下去的產業輸送到光華。纜車基台旁滿地木屑，散落在堅硬的泥土地上。剛越過基台，大雨中看到山路中央和著藍色兩截式雨衣四平八穩的躺著一個人，是沙幹。我吃了一驚，正要向前去扶他，客家妹在後面喊了一聲：「不要動他！」好像她篤定發生甚麼事。我回頭和她互看一眼，她靜靜的說：「他每次都是這樣。」然後低下頭，坐在堆疊的肥料包上，又說：「不要管他，不會有事，等一下就好了。」我看著風雨打在她的臉上，匯成小水流，滴滴淌下她的頸項，她就這樣低頭等著。再過去就是嘎拉賀，我想起房玉玲說：「有一個人，常常來買酒。」但是，「常常來買酒。」和「他每次都是這樣。」兩相因果我實在無法聯貫。我終於去扶他，想不到他卻自己翻身，跟蹌站起來，竟然「還能走路」，只不過是在山路上睡覺。風雨中，看他歪歪斜斜逕自而回，口中嚷著：「千杯不醉，無敵鐵金剛！」「千杯不醉，無敵鐵金剛！」果然，「不會有事。」客家妹覷我一眼，禁不住笑了一下，隨即跟在後頭回去。雨勢漸停，我突然想到甚麼，跑向客家妹，叮嚀說：「今天晚上不要扣門，我要去嘎拉賀。」

李 子 園

我半跑著跑向嘎拉賀，轉出竹林就是這一片我印象極為深刻的小台地，仍然沒見到半個人。我直接跑到玉玲家門前，對著高腳木屋深長的門階喊著：
「Bai zi sa ku dabaco！」（我要買菸！）上方半掩的門內探出一位老年人，他往裡面招呼一下，出來的正是房玉玲。
「一條長壽菸！」我故意站在門階外說話，示意她下來，我怕遇到她其他的家人。雨勢已小，房玉玲就這樣走下來，穿著白色織布。

「你怎麼都沒有來？」她以歡喜、輕脆，帶有特殊腔調的語音問我。我的目的是邀約她，雖然並不是很有經驗，但無論結果多麼挫折可笑，我已決定。我直接說：「我怕不好意思，妳是小孩子。」又問：「他是誰？」
她告訴我：她爺爺和她弟弟在家，父母在巴陵工作。又告訴我：她們同學在國中時，就如何在「談戀愛」，還有人說（她們學校）是「戀愛國中」。
我知道這不一樣，我不是她的同學，也不屬於這裡，而且是一位服完兵役的「成年人」。
「I ma han en su？（是誰呀？）」他爺爺探頭問她，她回答幾句泰雅語，又詢問起我的女朋友。
「還在找。」陳健勝他太太問過，這次答得並不費力。

天已完全暗下來，雨也停。這一次我不想退怯，心裡緊張又興奮，問她：「有甚麼地方可以去，我們去走一走。」她拉著我往西側像是倉儲房的木屋旁走去，有小路走下這一片小台地。小路崎嶇，兩旁荒草，一遍漆黑中我對她的大膽「行徑」嚇了一跳；但她能走我就能走，我拉緊她的手也怕她跌倒。走一小段路，來到一片整理過的平坦園地。

　　「這裡是我家的李子園」，她就在我胸前抬頭看著我，說：「你怎麼會來？」
是問我來這山上？或是問我現在來找她？但是我知道我來的目的，我說：
「我迷路了，想找到回家的路。」我知道她聽不懂，又說：
「人有時候會迷路。」隨即低下頭輕輕的抱著她，深怕太唐突會把她嚇跑。在耳邊一陣輕聲細語，終於緊緊的擁吻了她；她輕盈纖細，身上充滿了神祕的乳香。在李子園的樹叢暗影，在溫濕滑潤的幽密世界，我激情探索的房玉玲，年齡會不會太小？不知過了多久，我顧慮她爺爺會找她、會擔心她，輕輕的放開雙手，撫著她的肩，想要暫時的道別，她卻頭靠在我胸前緊抱著我，一動也不動，貼得太近，還差一點仰倒。

　　雨後，空氣特別清澈，可以看得很遠，遠山幢幢，樹林婆娑。我知道我可以得到的更多；但是，我是真心的喜歡她，她靜靜的停在我懷裡，依戀在我臂膀，是信賴也是依

靠；她稚嫩無防備的羽翼不好就這樣承擔了我現在全部的狂
熱。不是罪惡感，而是，總要有人替她著想，想久遠一點。
我說：「妳爺爺一定在擔心妳，我們回家吧。」她卻動也不
動，如睡著般依偎在我胸前，時光靜止在高遠奇異的群山
中、唧唧蟲鳴的森林裡。我輕輕的催促，大膽的說：「我愛
妳，玉玲，我們先回去，我會再來。」這時候，她才抬起頭
來，牽著我的手，安靜的走回部落；沒有問甚麼，輕聲道別
後，走上她高腳屋的家。

　　我循竹林旁的小徑走上山嶺。回沙幹家的路上，雲霧飄
移，一輪明月忽隱忽現。走到纜車基台旁，並不急著回去，
就坐在客家妹下午坐著的肥料堆上。沒吃東西，肚子也不
餓。我想著房玉玲，也想到在平鎮的比黛，更想到自己的明
天。心裡既甜蜜又慌亂，來得突然，如眼前深夜飄忽突起的
霧。比黛我認她當姐姐，應該比較委婉好講。但對房玉玲，
既不知道怎麼開始，也不知道怎麼繼續，我完全不知道自己
的明天。突然前方傳來沙沙的走路聲，有人要下山，難得三
更半夜荒山野徑還有行人，我迎上借火。對方也膽大，既不
錯愕、也沒多問、也沒細看；摸出一盒猴標火柴示意要給
我，隨即而去，意外的人竟然是我。這裡的男男女女似乎充
滿了神奇。我就這樣抽著菸，想我與房玉玲未來的可能，以
及是否留下來的種種理由與方法。學沙幹？我不僅沒房子可
賣來換地，更何況，收成前幾年還要挹注多少資本？我又突

然想到沙幹的地為甚麼會在最遠，他最後來，當然地在最深遠；越偏遠產業越不便，成本越高。種香菇呢？就算買了烘乾機但沒有任何相關知識與產業概念，土法栽香菇的結果只會餓死房玉玲。我想像著房玉玲為了讓幾朵香菇冒長出來，在敲打段木，還背著我們的小孩。我是衷心的祝福沙幹，但我應該不會留下來，我決定要在適當的時候下山。

植　株

沙幹的地開始植苗，植苗並不分季節，進度也快。沙幹、我、吳大哥，居德卿四個人，幾天就植完他的十六階平台。崖屋下這片荒山野地，變得光整有致，實在有幾分詩意。

天氣漸涼，我一直沒再去找房玉鈴，我不明白我當時為什麼這樣的膽怯顧忌？是理智？還是自尊？我知道她會想我，但我怎麼樣才能一身光整的去見這位我喜歡的小女孩？到現在仍然有人說我自戀，注重外表。幾個月沒理髮，頭髮凌亂過肩，山居藍褸，真他媽的不堪回首的過往。

就在植完蘋果苗的那天晚上，碗酒對著馬燈，昏暗搖曳的火舌，晃動著我正打算告訴沙幹的話──「我要下山」。還

沒開口，客家妹說：

「今天早上，上面路上有一個女孩，站在那裡，一直看你們植苗。」我心理繃緊起來，比黛他們認識，會不會是房玉玲？

「是誰？」沙幹問。

「好像是嘎拉賀哪家的女兒。」

「直直的站在上面看。」

「灶下忙完，再出來就不見了。」客家妹說著。

我假裝不知道，也沒答話。我們在陡坡下植苗，很難注意上方山腰小路上的情形。路旁荒草，她在那裡站多久？我上次告訴過她沙幹果園的位置，她怎麼沒下來？我知道她生氣了，我告訴過她我會再去找她。離開她已兩星期，我心裡是既高興又害怕；高興她來看我，也害怕我的爽約，女人生氣真的很難說。我愛情的苗芽是長成了，但多難呵護；我不是甚麼老實人，但就是疏於婉轉變通。最少也要有一點「建設性的言語」，來安撫我的小女孩；真是他媽的愚蠢。

沙幹說：「應該是去上面（指神木林方向）採劍筍路過，下過雨，劍筍正好採。」又說：

「阿飛，明天我們去看看。」意思是要去採劍筍。我心中一團亂，沒心思的回答：

「現在還有劍筍嗎？」

「有，有，春秋兩季都有。」沙幹舉起酒碗對著我說：

「來，千杯不醉！」

我毫無酒興，勉強喝了一口，怔怔的想：我這個樣子，怎麼談戀愛？怎麼安置愛我與我愛的女人？怎麼樣許下諾言？而且，我也絕對沒有勇氣像這樣子站在認識我的任何人面前，目前只是這荒山野地暫時遮掩了我。甚而，我永遠相信我一生身影英挺，儘管此時暫困深山；但就算埋骨僻林，也絕不會在任何人面前，顯出我的卑微寒愴。我愛尊嚴，而且是高度的尊嚴；從小，我就自尊心強，沒有錯，我除了桀驁不遜之外，也算是傲骨自負的人。

「阿飛呀！」「阿飛呀！」「汝是想啥？」也不知道沙幹和客家妹叫了我幾聲，我才回過神來。抬起頭，客家妹雙眼直看著我，沒說話；沙幹是長長的「唉——」了一聲，舉手作罷狀的搖：
「唉！李桂蘭……」又說：
「天涯何處無芳草……」
「男子漢大丈夫……」
他說甚麼我實在心神恍惚，聽不進去。只知道此時李桂蘭已變成了我無心在山上的代罪羔羊，他們不知道我曾經愛過的李桂蘭現在已經區隔在不同的象限。我決定明天就要下山，要先去找房玉玲，擁抱她、許諾她，要告訴她等我下山安定了之後要回來帶她走。我終於說話了：
「今晚，是最後的蘋果酒，我們山下再見。」
「你要走？」沙幹像是嚇了一跳，極度的不能接受，以酒後僵麻的言語極欲挽留，說了很多「共同打拚」的話，我沒回

聲。

「她、她看起來就不吉祥……唉！」

「你、你，唉！爲了一個女人。」

　　沙幹是獨子，生父幼小別離，繼父過世後也確實背景孤單。除了需要幫手，我們相知，也形成對我友情的依賴。他隱在這山之巔、地之涯，希望能與我結伴歸山，一起喝大酒缸內的蘋果酒；他還要接一根管子，請你「躺著喝」。隱於山中還要隱於夢，這到底是怎樣的色彩？血骨靈魂與誰交換的浪漫？我的神智可還清醒，我可要問問我一身的膽識，是如何面對我的未知；問問我入世的靈魂，是否試得起人世間的幻化；問問我的傲骨，是否等閒走我面前無常的試煉，是如何挫折，又是何等水火。

「我有事，我明天就走。」我說。

沙幹知道說不住我，又「唉！」的一聲站起來。

「不說也罷……」又舉手作罷狀的搖，走回房間，他是失望了。

　　客家妹倒是明白，她常說：「誰會跟著沙幹『起痟』？」這時候擠出笑容說：

「也是有緣，共度了好幾個月。」她交待了關心、叮嚀了別後、詢問了去路，最後倒了半碗酒，說：

「來，阿飛，多謝你來，我敬你。」

那夜颯颯風聲，我躺在竹床上輾轉難眠，不如上山來的那晚睡得安穩。

霧 蹤 房 玉 玲

第二天一大早，換上我來時的衣鞋，客家妹送我上山腰小路，離開沙幹的崖屋。沙幹在屋內，沒理我。人，總有一點性子，更何況我也有那麼一點孩子性，他是「嚴重」一些，「浪漫」到底。我朝著我的女孩，急步走向嘎拉賀。

霧濕風寒，兩旁山水荒草；來是黑夜，去是清晨。踏上稜線，越過吳大哥的地，經過堆置肥料包的纜車基台，已走近風吹掩動的這一片竹林。我快步跑過竹林，轉入這一小片空曠台地，直跑到房玉玲家的門階前。只見高腳屋門扉掩上，四處靜寂。我心裡浮著不安，對著門扉喊叫：「房玉玲！」幾許，沒有任何動靜。不祥的預感使我更加不安，「房玉玲！」我又喊著。
「房玉玲！」「房玉玲！」「房玉玲！」
我越叫越大聲，竟然聽到自己的回音，盪在空中；突然，我像想起了甚麼事，就像在空中的回音突然看到我自己。我靜止下來，靜靜的想到底發生了甚麼事？

　　我想到在神木林那時，比黛告訴我：「我姊姊要來接我去平鎮，但我要來見過你再走……」。昨天，房玉玲爲什麼會來？爲什麼不下來坡下見我？她去了哪裡？就算她失去了學業，也務必要工作，怎麼可能一直在這小台地上等我？我那晚在李子園裡說的話，爲什麼爲了自己一點自尊而輕率爽約？我雖然眞心愛她，但是不是沒有將她承擔在心裡？我在意的是我自己，我在意的是別人眼中我的形象。

　　我大膽的走上台階，即使她不在，我也要做最後的嘗試；期望我未知的明天，不會過度後悔。推開門扉，屋內一片寂靜陰暗。
「房玉玲，我來找妳。」
我像是說給自己聽，又像是自言自語的安慰自己；但沒有半個人，在這雲端之上的小台地，只有我自己的身影。

　　在高腳屋的前廊轉身俯望這片小台地，希望房玉玲能突然出現；甚至她爺爺、她家人，或是陌生的鄰人都可能向他們詢問到房玉玲的去處。那時，我才驚覺，這裡並不是聚落，眞正說來只是房玉玲的家，是原本散居在山間房玉玲的家園。因爲，只有這一間長木屋，木屋上四五間一字緊鄰併排的，也許只是兄弟或叔伯的隔房。後來我才知道，這叫「長屋」，是南島民族的特色。右前方那幾間算是倉儲屋，或是工具房。就這樣呈 L 型，環繞著這片山間小台地的這一端；另一端台地的角落，兩顆大岩石如拱門互托，下方空隙

正好穿上這片台地，也是出入台地上房玉玲家園的唯一門徑。我來的那一天，房玉玲就是站在右邊那顆大石頭上，像哨兵一樣，婷婷玉立，像禮官一樣，大方問候。

這裡並不是聚落，真正說來只是房玉玲的家，是原本散居在山間的房玉玲家園。

天 下 第 一 號

這裡不是聚落，是房玉玲家的「合院」；只是落點大氣，我誤以為是聚落。除了近年來沙幹他們墾殖借道之外，誰會來這裡？那麼，遠在雲端之上的房玉玲家，真正說來才算是「天下第一號」。青鳥不至，門牌也是多餘，是甚麼地址，我也不知道。

我等著，走向倉儲木屋旁，下去李子園尋找；我等著，思索我行事隨機，旅程隨性的個性。我像失去了甚麼？難言

的不安攫住了我。但驚慌無助於我的悔恨，我是怎麼了？沒有愛人的能力，也沒有被愛的勇氣。我也爲自己一一辯解：就算我是爲了自己的意念，但意念是眞即是眞，意念是善即是善。也頻頻的安慰自己：不要後悔、不要害怕、不要回頭；因爲，我還眞想先回沙幹的崖屋，等過幾天再來，說不定房玉玲回來了。但是，我做不到，我極度的自尊不讓我反覆，不讓我回頭。

已過中午，我怕錯過巴陵的桃園客運，就將離開。臨走，撕下一張背包內的週曆小冊，在頁白處倉促寫下我的留言：「勿忘我，房玉玲，我會再來。」那時流浪四處，勉強留下我花蓮老家的地址——花蓮市中信路 107 號，插在門縫；隨而穿過岩石，一路下山。

迷離的夜半，縈繞的夢；
失魂的記憶，空寂的山。

第 二 章
夜 夢

洋流洶湧海風急，
船行已遠人無蹤。

陸 橋 下

沙幹率性童真、慈善慷慨，又懂得欣賞別人。我曾陪著他在新莊街道上穿梭，他看到古城牆縫上新冒出的榕苗，硬是要爬上去，要摘下來帶回家栽種；看到殘疾人士在地上行乞，沙幹不是給他一兩個銅板，而是把身上的鈔票都掏出來給他，然後不發一語的走開。小時候他來我家玩，忘了是甚麼事，他對著我爸爸誇獎我；當時，我爸爸看了我一下，說：「不知道（未來）能力到哪裡？」而現在，我「能力到哪裡？」你他媽的，要不是人生際遇，最起碼我這個材料，省中、省女也不曾當一回事；高職臨走前，教務

處還通知本人要「保送中興大學」。說來也不是自怨自艾，終究「高職沒畢業」；到現在，「連個去處也沒有」。不是連個去處也沒有，而是，「認識的地方都不敢去。」天地還真是蕭條。

　　光陽機車一路南下，來到新營鄉野。有一個指標指向『關子嶺』，我停在路邊吃了一碗「豆芽麵」。攤子上大大的招牌字──「豆芽麵」，我以為很神奇，原來是白水煮的麵加幾根白水煮的豆芽，叫「豆芽麵」。這個時候吃這種麵，簡直會崩潰你最後一道防線。真的，我的意思是：幾餐不吃，不會有事；肚子餓了，咬饅頭也香甜溫暖；但是，我至今仍然想不明白，那種看來慘白、譏諷、心酸的「豆芽麵」是給人吃來怎樣？

　　機車停在一處不知是哪兒的陸橋下，就在不遠高架路施工的工地附近。我總是在偏僻的地方留連，偏僻無人的地方我可以想得更深遠。天冷下來，我只穿一件短袖白襯衫。風呼呼地叫，坐在橋墩基座上，避一點風寒點菸；又黑又冷，菸幾乎點不起來。我曾看過一篇故事，是說：有一個快樂的女孩，度過了無憂無慮的童年。上了高中之後，她漸漸的沉默了，幾乎都沒說話。我是忘記了結局，但隱約透露的是她善感的憂鬱，是為了感情。最後，她表示：「長大發覺很多事情不對勁」，「人生一點都不好玩」。我獨立的生活極早開始，雖然孤單，困難中也從容自信，不會那麼憂鬱，也不覺得

「人生一點都不好玩」。我是充滿對人生的幻想、對生命的憧憬；也對脆弱、危險的生命，充滿了同情與抱負。只是，我現在是甚麼狀態？吵了一次架，李桂蘭幹嘛用那種眼神看我？又冷又無情，是甚麼意思？我不敢去見房玉玲，又是為什麼？這沒有預知又無法承受的痛，才是使我要徹底粉碎昨日試圖逃離的原因。感情上我不會怪別人，生活上我不會怪命運；只是一種難言的徬徨，和一種與自己內心優越感不相對稱的現實失落，衝撞我內心的空洞。我發覺，我對社會上許多事充滿了陌生，我是感到一種自知無知與自覺渺小的無力狀態。我並不驚慌流浪的處境，或後悔我對命運的選擇；我從來就不把甚麼事、甚至是甚麼人放在眼裡。我只是對自己要如何在天地間安身立命的存在，感到內心無知的渺小，形成自我敵視的警覺。如今想來，是這個撞擊真正警醒了我的生命。

　　我是沒那麼幸運學到音樂與美術，但是我從一位高職音樂老師那裡，聽到一句話，他說：「唱歌，是唱給自己聽。」這一句話是我僅有的音樂素養。因此，在孤寂或黑暗中的我常常唱歌。那時候美國流行嬉皮次文化，《惡水上的大橋》、《老鷹之歌》等幾首嬉皮「聖歌」都旋律好聽，歌詞也動人。我坐在陸橋橋墩基座上唱起歌來，記得「男代女唱」唱完一段情感強烈、地域性濃厚、旋律極富阿美族色彩的《花蓮舞曲》

檳榔黃，檳榔香；月亮光，照田莊。

花蓮之夜。

Hai yung, Hai yo！ Hai yung, Hai yo——

我在這裡，長祈禱，望你書信長通。

我們整天流汗，但願國泰年豐。

且待凱歌——歸來時，團聚融融。

之後，身邊突然有人說了一聲：

「好聽！」

一位在黑暗中看來仍然十分俊秀的留長髮青年人，不知甚麼時候已站在我身邊，操閩南口音的他說：

「你喜歡郭子究老師的歌？」我連忙站起來，說：

「哈哈，亂唱。」我從來只照著歌詞學唱，並沒注意是誰寫的、或誰唱的歌。

「唱得不錯，很有神韻。」他又說：

「是花蓮中學郭子究老師譜曲，林錦志老師填詞的歌，很好聽！」他對歌曲確實很有研究。

接著，他介紹了一些島內外的歌曲和歌手。事實上，他說的除了電視上紅得著火的「麥可傑克森」之外，我什麼都不知道；勉強告訴他，我喜歡《惡水上的大橋》、《老鷹之歌》，心裡「虛虛的」，不敢多講。但共同聊到一首歌——《火雷破山海》中的《Krakatoa East of Java》，這部電影和李桂蘭在西門商場看過，還真叫人難忘。他又問：

「你不冷嗎？」我們就在這陸橋下如逢知音的聊起來。

　　原來，他早已在另一個橋墩下，他說：
「我是跟卡車的捆工，下鋼材到高架路工地，卡車要 9 點再走，我在這裡休息一下。」
「你為什麼當捆工？」我看著他，不像當捆工的人。他說：
「我住鼓山，讀高雄海專夜間部，在旗津，元旦假期出來打工，找捆工最快……」我也知道找捆工最快，我在想的是：鋼材裝卸都有幾分危險，他看來清秀斯文，怎麼敢事「如此勇猛，並且熟識」？我在七堵汽車教練場曾認識一位出家的朋友，他說：「人有一種氣息，會遇到相同氣息的人。」我高一寒假就當過捆工，水泥一包五十公斤，我整車搬過；有一次，還從壽豐鄉志學村運原木到高雄港，進出港區要檢查，因為年齡太小，司機還把我用帆布蓋起來，叫我「暫時不要動」。

　　他掏出菸來請我，我們四隻手掌圍起來用火柴擦火，擦出火苗，竟然照到一雙「不屬於他」的手。我咬住菸，雙手去拉上他的長袖，由手掌到手腕，好像燒燙傷，不像龜裂，倒像腐蝕；有的地方灼成白塊，有的地方糾結，有的地方仍在結痂，像武俠故事中練獨門武功的人，這不是他應該練的功夫。我問他：
「怎麼了？」他說：
「前一陣子白天在一家電鍍廠工作，弄到的。」
電鍍是金屬為了防鏽，為了美觀等其他目的鍍上其他的金屬，但是：

「怎麼會弄成這樣？」我問個詳細。他說：

「我是做 IC 板電鍍，但是，有時候要『溶解』。」

「用甚麼溶解？」

「有硫酸、鹽酸、王水，槽子裡都是酸液，我把兩隻手都伸進去……」

「兩隻手都伸進去？」還真的在練功。

「一次、兩次也沒事，後來就變成這樣……」他說。

　　我看著他，他自己並不在意，飄逸的長髮中堆滿笑容。我則是「詫異」這個直接的人，哈哈大笑起來。我不是笑他的手，我笑硫酸、鹽酸，能溶掉金屬，卻「溶不了他」，他終究算是「毫髮無損」。彼此浪跡江湖，在如茫茫海上的黑夜中相會，聽他突如其來的一聲：「好聽！」當時他告訴我他讀「航運」，現今應該已航向大海。

　　在漂泊的歲月中，人生如激流，往往流失了許多極為珍貴的人影。我想到他，就想起《Krakatoa East of Java》那位船長，極欲尋找散失的男孩，在茫茫大海上，用揚聲器詢問駛過的小船：「有沒有其他的人？」「搭甚麼船？」——「What kind of boat？」「What kind of boat？」在迷濛大霧的蒼茫海上，這些焦慮的詢問顯然微不足道，極其無奈，洋流海風，終使人、船越行越遠。

合 金 廠

深夜來到高雄，公路局東站和火車站之間的建國路附近依舊行旅匆匆。那時候交通不便，一票難求，車票黃牛活躍。東站前的街燈下，站著孕婦；路邊，蹲著老人，他們都在等車。心裡百感雜陳。無論是到潮州、枋寮、恆春，甚至去台東、花蓮，很多人只有站票；山路顛簸，人生的旅程是辛苦的事。

我在火車站前的小公園裡看求職廣告。像樣一點的工作都要「大學畢業」，這又大大挑動了我的神經，像一隻優美的白鯨困在池塘。也是天意，天一亮，剛走出公園，迎面來了一個平頭青年，這不是沈永義是誰？——我高職的同學。

「沈永義！」我喊他一聲。

「你怎麼在這裡？」他問我。

「隨便逛。」也不是我沒誠意，但又要怎麼說：「我剛到高雄，還沒睡覺」？

「你呢？」這位同學人規矩，我不介意和他多講幾句話。

「我來補習班上課，」又說：

「你知道嗎？《大學法》已經修改了，職業學校也可以考大學……」

「喔，是這樣。」我答著。

　　那個時候，爲了考大學，從東部來南部補習，也不是甚麼奇怪的事；但你也知道：命格五行，要看天干地支；金木水火土排列總要整齊，才算得上。我口裡回答他，但心想：「《大學法》已經修改了，職業學校也可以考大學……」這大概是我一生中聽到過的最好消息。我還以爲這隻白鯨會永遠的困在泥塘，讓黏滑的泥鰍在身上輪滾，讓小丑般的青蛙在頭上跳來跳去。這下子，有了人生最後突圍的機會，沒有想辦法游出大海，也枉費我一身的傲骨。

　　告別沈永義，照求職廣告，直接去小港。接下來的日子拿起焊槍，在臺灣機械公司合金廠做過每一個環節。做工還勤做工作筆記的，恐怕只有我一個人。主任看我順眼，頻頻送我去職訓局考技照。一年後又陸續考上中油、考上高雄工專，我都覺得太渺小，我要的是強烈的特色。記憶中那冷冷的眼神，看來只是蜥蜴對我的懷疑。那時，困乏我身心的已不是現實的生活，而是我不可動搖的強烈意志，是我對明天的高度期許。

　　二年後我考進成大夜校，放棄工業的技能，來到台南。緊接著，我進入交通部所屬的事業機構。公務與學業，日夜兩忙。專注與偏執，使我失去了時間、淹沒了思考、空白了飛逝的青春，忙碌於我可能追尋到的明天。

羅 望 子

民國七十三年五月，市集、攤販突然充斥著各樣進口水果。蘋果、蜜李、山竹都有；又好像蘋果特別便宜，反而土產蓮霧、荔枝漸漸貴起來。那時我瀏覽到一則新聞：「農委會開放蘋果進口。」大意是說：「台灣蘋果都種植在中高海拔，產業不便，生產成本高，台灣並不適合蘋果經濟栽植。」這則新聞使嘎拉賀的濛霧漸次又飄入我夜半梭羅的湖濱散記。我想到北橫深山裡沙幹的崖屋，屋前坡下梯階有致的蘋果園。

　　這幾年我太專注，但又偏執甚麼？夜校五年，相對我三十歲以前的青春歲月，真是漫漫長夜。我摒除全部的社交，只為浮士德般的狂熱，瘋狂對認知的追求，對人生機緣的憧憬，對文武雙全的嚮往。偏執於游進大海的白鯨，偏執於勇敢、利他的天人。人性的卑下、膽怯使我時生警覺。縱然人間繽紛美麗的色彩環在身邊，如多情飛舞的彩蝶，我卻放任如清晨葉片上的露珠，隨它而去；我缺少的是時間。沒有錯，我對自己的實踐至為徹底，對自己曾向李桂蘭說過甚麼：「我有『可塑性』的明天」那種卑微的話語至為在意。時間，是自己唯一用身心雙手可能達成任務的燃油，是闢路的山刀。很像沙幹為了明日的夢，在埋首築土壩、在深山挖平台。但是我要的，是精神深邃的果園——「我不願長久的留

在地上，我要去尋找最難得到的東西。」就如浮士德，和暗夜換約，「胸懷大志的要做大事業」。這漸起的濛霧，使我第一次停住了腳步，靜靜想起在大雨下芒林中的比黛，想起台地上我的房玉玲。

　　我透過山仔頂的朋友和比黛聯絡上，她已搬到南勢。但我暫時沒時間去看她，只寄去台南盛產的芒果。在電話中，並沒詳問她的婚姻，我只說：「我會去看妳。」無論別後如何，她給我的溫暖，不會消退；我對她的尊敬，不會改變。她也自然會告訴我她的一切。

　　但一直沒有等到房玉玲的信，我以前曾問過花蓮的弟弟，他說：
「花蓮老家給建商改建後，地址早已重編，是花蓮市中信路99號，也租給了商家，沒熟人住在那裡。」
地址已重編？那房玉玲是不是曾寫信來？
「那麼，還有我的東西嗎？」我又問弟弟。
我小學畢業就離開家，事實上，哪有甚麼「我的東西」？我只不過想問一下我寄存的一些李桂蘭送我的「信物」或「情書」，以及幾張我高職「英俊挺拔」的照片是否還在？

　　幾天之後，我收到弟弟寄來的一箱瓦楞紙紙箱包裹，裡面果然有一本李桂蘭送我的《大學文選》，還有一疊入伍至分

手她的來信。我隨便抽出一封，正是情變後的最後一封。那封信內箋沒有稱呼，沒有署名，是一首李煜的詞：

> 林花謝了春紅，太匆匆，
> 無奈，朝來寒雨晚來風；
> 胭脂淚，相留醉，幾時重，
> 自是，人生長恨水長東。

　　怎麼？是她不要我？還是我不要她？講得還真哀怨，媽的，我還真的搞不懂女人。我將箱子放在房間角落，和每學期讀過的甚麼英美文學之類的堆在一起，沒時間打理。

三　峽

　　那年暑假，我立即向辦公室排休，先去看沙幹。他和客家妹已下山，搬到三峽。客家妹來接我去他們在瓊林街的家，在一棟五層樓公寓的四樓。上樓梯時像走在建築工地。我問客家妹：

「怎麼了？」

她說：「建商拿了錢，半途落跑。」

那時候流行預售屋，我知道，被「半途落跑」的事時有所聞。那種房子我也看過，我在瑞穗鄉看過一種說要建給原住

民住的社區，廚房和客廳間裂成兩半；當時去拜訪一位阿美族的朋友，晚飯時可以抬頭看到整片星空雲月。而沙幹的「公寓」，根本沒蓋完，牆壁沒磁磚、地上沒地磚、沒油漆沒燈座，只有未完成的水泥灰茫茫。建商都很有錢，我想，那應該不算是他們的錢。

　　這種房子要整理實在也無從整理起。客家妹就在那蒼白、凌亂的客廳內作畫；畫架上一幅完成的碳筆畫，主題是落葉枯樹，遠景是群山。電視機旁也有幾幅畫，魚是帶骨乾魚，竟然一幅是海邊死狗白骨；神韻逼真，無懈可擊。也看了她的幾本畫冊。我說：
「妳真是一位畫家。」
或許是我不懂畫，或許是她謙虛，她說：
「我的畫還差得遠。」
我在端詳那一幅「死狗白骨」，正要問她，她說：
「我在金山海邊看到的，怎麼樣？」
我沒有回答。她自己平靜的說：
「有蒼涼的美感。」我又想起了她演奏的電子琴音──《黑夜梟雄》。我問：「沙幹呢？」
我知道他蘋果園的夢是幻滅了，但不想直接問山上的事。
「本來在工廠開堆高機……」她低著頭，沒把話講完。
「後來呢？」
「還不是喝酒，每天醉茫茫……」
我知道大概，沒必要細問；只和客家妹料理晚餐，等沙幹回

來。

「我們先吃，他回來也是醉，現在也不知道死去哪裡……」客家妹看我一眼，笑了一下，算是歡迎我的到來。

「那，生活呢？」飯桌上我問她。

「我在電子工廠輪三班，今天你要來，特地和別人調班，11點要去……」緊接著又說：

「我看，今天我請假好了。」

「不必，妳去上班。」我正要阻止，她已站起來拿起話筒轉頭對我說：

「沒關係，反正今天工廠沒甚麼工作。」說著，很快的向同事交待了請人抵班的事。

她說：「我的畫還差得遠。」

我在金山海邊看到的，怎麼樣？

　　客家妹有極大的韌性，她會管沙幹，會說沙幹，但從來沒聽她埋怨過她的婚姻，好像人生本來就是這樣。她雖然生活在困難中，但從來不放棄，從來不怨天尤人，也沒怪過誰，一直做她能夠做到的。她實在是一位好朋友，也是一位好太太。我深深的想起了美侖海濱旁的明恥國小、我們小時的模樣、她獨有的笑容、她的琴音、她的畫藝。

　　沙幹算是回來了。原住民喝酒有一個特色，喝得再多，人也不會顯得「爛醉如泥」，表現出「一塌糊塗」那個樣；有的人甚至還越喝越「紋風不動」，可以「一直喝下去」。只是思維麻痺，言語已搭不上腔；不要說談正事，連聊天都聊不起來。他看到我開門見山的說：
「阿飛，我沙幹窮途潦倒！」隨後伏在桌上嗡嗡的哭了起來。客家妹連忙說他：
「人家阿飛來，你在幹甚麼？」
我沒有多問，沒有多餘的安慰，靜靜的抽著菸陪他。
「生命的尊嚴，生活的現實，你要哪一個？」
他自言自語的問，伸手又去抓桌上的一瓶「料理米酒」。我靜靜的看，沒有動。他倒下一碗，一口又喝下半碗。我嚇了一跳，拿起那半碗酒來喝了一口；哇！鹹得像海水。媽的，自殺也不是用這種方法。趕緊倒掉全部的「料理米酒」，從冰箱拿出我帶來的啤酒；最起碼，也比較清涼醒酒，會死也沒這麼快。

　　我想敘舊，致意別後，他卻低頭喃喃，答非所問：
「有一個人掉在水裡，他說他要去小便……」
我問說：「你怎麼了？」
他說：「阿飛呀！阿飛呀！你當時來也？」
沙幹形削意沉，吟唱當下：

棄我去者，昨日之日不可留；
亂我心者，今日之日多煩憂。
長風萬里送秋雁，
對此可以酣高樓……

又說：
「人生在世不稱意，明朝散髮弄扁舟。」
「我沒有兄弟，阿飛，你是我的兄弟！」
「我們去三棧，我死了你堆木柴燒我！」

　　我靜靜的抽菸，靜靜的想；他是喝醉了，此時我們之間
隔著不知什麼時候才會散去的濛霧。他的夢幻世界是美如彩
虹，但童真浪漫不可能一世到底，就如他所說的「生命的尊
嚴，生活的現實，你要哪一個？」雜亂室內氣氛凝滯，客家
妹眼睛一轉不轉的看著桌面，神情停在遙遠。她愛沙幹，我
想並不是沒有原因，小時候大家都喜歡沙幹。而事實上，沙
幹根本不想醒來，不想醒來看這個和他扞格不入、相與難容
的世界。

　　第二天，我起來時客家妹已上班。沙幹仍然語無倫次的與現實人生並無交集。山上的事必然是垮了，但詳情我並不知道。白日的陽光對他終究是不友善的揶揄。我知道我心中關心的話語無法落實在他現在支離的夢境，讓他安睡；只留下一些鈔票給他後，即開車離去。

平　鎮

　　路徬徨著，是不是去找房玉玲？還可以在嘎拉賀深山找到她嗎？時間能改變一切，她現在在哪裡？我雖然率性，但沒有她任何訊息，也得考慮現實，猜想著她目前的背景、她的家庭。想到《大亨小傳》中的蓋茲比與黛西：如果看到她，她還能讓我擁抱嗎？點點猶豫著多年後我深怕是一廂情願的狂熱，遲疑著現實顧忌下的癡情。找到她，滿足了我自己的感覺，對多方面仍然是存在的拉扯。李子園下月光如霜，靜謐荒山夜色如夢，雖然世間情愛正是悲歡離合的男女不分對錯的際遇，但多年後物換星移，台地上濛霧或然已空山寂寂。如此躊躇著我去嘎拉賀的行程，車子不知不覺往八德。我電告比黛要去，就直接去平鎮。

　　從中壢下南勢，按地址在復興街附近找到一個新建的小社區，那是一種當時社區住宅的主流，人稱為二樓三的透天

販厝，一整排有騎樓的那種。是新社區，附近有水田，建商
也尚未清完完工後的建築物料。社區沒甚麼人，十分寧靜。
常年在外奔波，我找地址頗為迅速，很快的找到她居住的巷
弄，應該是面臨水田的第三家。車子停靠稍遠一點，豔陽下
我走進陰涼的騎樓。不遠的騎樓中央，有三個婦人坐在小椅
子上，圍在一個籃框邊在做像是眼鏡框修邊之類的手工。我
沒細看，自然的向她們點頭示意，婦人家多言，我儘量不想
要顯出是一個陌生人。不漏痕跡的直接推紗門進去。陰涼的
客廳內陳設簡單俱全、收拾整潔，表明了是一個健康的家
庭，有一個宜家的女人。

　　「Pitai：Mauwa sa ku mi da i su！」（比黛：我來看妳！）
沒有回聲，但我知道屋內有人。我又叫了她的漢名：「陳靜
秋！」她從餐廳內走出來，靜靜的走到我面前。一件鑲有小
亮片的黑色短衫、黑色長褲，搭在她白皙的膚色上真是好
看。長髮過肩，梳理好綁上髮束，單邊掛在胸前。或許是生
活安定，她並沒有改變多少，反而增添了幾分成熟的嫵媚。
她抬起頭來端詳我一下，又低下頭去。我伸手抱她，將她的
面龐輕壓在我胸前聞著她的髮際，就這樣站在客廳中央。長
久的記憶、多年的空白，過去與今後都無法彌補。我拿出我
準備好的白金項鍊，扣上她的項間，正捧起墜飾向她；突
然，一滴眼淚滴在我的手腕，她緊緊埋首在我的襟前哭了起
來。我靜靜的抱著她，無言的致上我長久以來，看似無情又
屬於男人的歉意。

　　她似乎想到甚麼，走向電話機旁，打開一個在小抽屜裡拿出來的盒子。裡面是在那滿山野百合的山坡上，我掛在她胸前的白鐵項鍊，紅十字的心型墜子；她保留了山野上的記憶。我不知道這幾年我偏執的追尋，是不是和我放棄的色彩等價？「小男孩呢？」我問她。

「他要升小二，放暑假，我媽媽接他回光華。」

「妳先生呢？」我終於問了。

「他是船員，這一次去香港。」

「他對妳好嗎？」

她稍為點點頭，我沒有再問。我常常會注意聽，但不會多問或許別人不願意提起的細節。她是沉靜的女人，這種女人常使我敬愛，也使我擔憂，因為，她也許隱藏了她的傷痛。

「我可以為妳做甚麼？」我問她。

她看著我含蓄的笑了，說：

「把工作做好。」我也笑了。這樣的回答，絲絲分擔了這幾年我的愁緒、我的不安。我握著她的手，輕輕叫了一聲：

「姐姐！」她又把頭低下去。

　　長時寂寞孤單的旅程，如烈日的嚴峻，試煉著曠野砂礫上穿梭荊棘的旅人。歡欣的記憶、喜悅的笑容，是意識的甘泉；雖然愛戀，不想要再驟然別離，但這裡不是我停泊的港灣。希望重逢帶給她的是平安，希望她的飄零不再，斷腸的昨日只是我。

暗 夜 深 洋

成大畢業了，看來我是重見天日，但我對自己嚴格的驅策並沒有停止，反而更狂熱。"To be the person who you always want to be！"新莊化成路那女人看我的眼神，真他媽的讓我想去死，到底充滿了鄙視。我研讀心理學、法律，又積極的去讀公務員英文班。我看歷史上明、清耶穌會客卿，不僅天賦異稟，精通天文地理；學語言，也似乎是傳教士學得特別快。我看過一位傳教士，來台三個月，講得閩南語字正腔圓、用語道地，在郵局營業廳，聽他說：

「買一張郵票，五 CO 耶！」

大家都瞪大眼睛在看。難不成，甚麼事都推給「屬於神的恩典」？或是只怪罪自己「臨界狀態」的腦袋？那時候我早上三點起來，就去新化練「障礙馬術」。教練告訴我：

「馬有知覺，但沒有記憶。」

「沒有記憶？」那我好像是馬。

我的記憶能力似乎是「僅大於馬」；智商測驗之下，可稱之為「可教育的智能不足」。你他媽的，我甚麼都不相信、不能接受，不想成為馬。

　　讀完英文班，考上高考，當上一個什麼「局長」。又去逐字翻看聖經，探究神學；去夜潛，學飛行，考救生教練。試圖推進身心的極至，「不只想跳，還要想飛」。要俯視暗夜星

空，要翻查意識奧秘。我很少出門，很少有俗事的算計；就這樣，孤單的迷失在浩翰的大海。感情上不再經心，一再失敗，剩下暗夜的深洋。

　　「你知道我爲什麼要離開你嗎？」有女人這樣的告訴我。「我不想知道。」我說。
長年的自我囚禁，孤單於生命的承諾，我是缺少一點軟性的溫柔，缺少一點對女性的認知與耐性。
「要走就走，不要回來。」我都是這樣回答。
知道了，我會改變自己嗎？不會的，我交付了青春和暗夜換約，如果沒有約定中的自己，誰會贖回我的靈魂？我一個自負的人，討甚麼女人的歡心？我自是俠骨柔情，但我會哄小孩，可不想哄女人，也對女人沒有信心。

　　婚姻呢？這個名詞化爲動詞尤令我不安，我預知它極度危險。況且，帶枷能走多遠？潛多深？還能談甚麼世間的勇敢、利他？連市井小民都會唱：

你說，你永遠愛我；
愛情，這個我知道，
但「永遠」是甚麼？

我也不相信「執子之手，與子偕老。」這般的話。一開始就與現實結合的相遇，怎麼樣走進人生極爲嚴肅又危險的試

煉？我自我的要求是：「沒有人會看到鳳凰是怎麼死」，更不要說「要和誰一起變老」。年老又怎麼樣？恐懼年老，是屈服於生命。「要和誰一起變老」，恐怕不是愛別人，而是愛自己。我簡單的生活尤不花費心力在飲食與愛情。我愛過人，但那遙遠的記憶終究讓我明白：「永遠」，只是想獲得平安、滿足與華麗包裝的恐懼願望。

　　辦公室是一個不能苛責的實相世界，職場上「宦海浮沉」的公務員男女到底是「染上了甚麼氣息」？或者說是「失去了甚麼特色」？我對別人是沒有意見。但人生，在於靈魂存在的目的，不在於安適自身的軀殼，怎麼說我「和別人不一樣」？這個說法隱藏了甚麼要求？我利他的血氣就是永恆的存在，熱情是生命的寄託，現實，又奈人何？而對愛情講條件、問存款的人只是在尋找自己的平安與滿足，與愛情無關。結婚，不是愛情，是對生命的完全恐懼。說穿了，一切是源於生命的總總脆弱，挑戰生命的人自始不符合世態。

危　險　試　煉

職業，是人生負責的表示，也是安身立命的圖騰，這圖騰有時候卻變成無奈的記號。重複不變的日

子使一生變成一天，生命像是只在上班的路。這感覺「可怕」的安定，使我深深反省自我的風格以及自我的好惡是否「太過強烈」。又說，安定是可怕的事，就如洶湧江河，激流瀑布的人生，河水若流入了風浪不起的沼澤淺灘，即消退了血骨的激情，停滯了生命的成長。但這都不算是人生的幻滅。

　　我的幻滅始自婚姻，有的人的婚姻是無奈的命運，值得同情；我自己放話天地、挑戰命運，自己卻走入難解、不智，一開始就失敗的婚姻。如果直接說這是我想和世俗妥協的結果──因為眼看四下：「人的確是活在一群人當中。」也就是我「謙虛反省」的想融入普羅世界。是這樣嗎？不是，是我太在意別人、太無視自己；心魔應該才是圈套，自負才是悲劇。有人經驗無知如童騃，世故卻高於高山；有人深度不及於泥塘，算計卻好比大海；有人無實質於心胸，腸腹卻硬過鐵石；這是俗世的態樣。如果這態樣只存在於俗世，那麼，君子憫世，嘉善而矜不能；如果這態樣走入了自己的婚姻，纏繞了自身的靈魂，那才是人生真正的破滅。

　　無庸置疑婚姻是危險的試煉，神仙伴侶，也只決定於偶遇的天命；更何況，是否「神仙」，旁人未知。如若溪魚之遇魚藤，我認為還算幸運：魚肚翻白，掙扎漂流一河段後，算是生命的浪費；自有高山絕世鱸鰻，還魂來見證凶險。如若飛鳥之遇網羅：必然死之殆盡。徬徨孤單之下，婚姻容易讓

人算計，十分危險。

　　婚後的生活在冰冷、不安、兩難的困境之中，這是我放話天地，天地對我的回應。成長過程中我戰勝生命的全部；現在，神嫉逆天，天不憐見。生命未了，要看誰能站穩腳步，直視水火，恪守道路，不論衰毀，才算是競得天的真正傲骨。因此，我不管顏色喪盡，選擇了荊棘的道路；我佞言利他，無由虧損人性的完美來算計自我的美好。不惜斷落翱翔的翅膀，覺醒起天人的夢。在孤獨的道路上面對我人生最大意失敗的挫折，年年復年年的付出我安靜的歲月。人生極度失敗、遺憾、嚴肅的打擊在心理上是一種過程：首先不能接受、由害怕而憤怒、由憤怒而悲傷、由悲傷而沉默，再由沉默思考中面對沉痛的抉擇。

窗 外 金 桔

　　那時候我在新營，早上上班開門，鐵捲門下常有我的信，沒貼郵票的中式信封，就這樣放在騎樓地上，也不怕回收廢紙的人撿走。是我認識附近三陽汽車公司的一位會計，相貌甜美，常常穿著白色窄裙襯托著她姣好的身材。相約了幾次，互談了過往的悲歡。有一天晚上在中山公園，她說：

「我的遭遇和你一樣，我計劃離開，你等我。」

「我雖然分居，但算已婚，況且，我也沒有再結婚的勇氣。」我說。

「你為什麼不離開（離婚）？」她又問。

「我有小孩。」「而且，要妳離開妳小孩，我也不願意。」

「是你太懦弱，小孩會自然長大。」她說。

「我太懦弱？」「小孩會自然長大？」我是有點吃驚。

黑暗中，我們併肩走著，看不到她的表情，但感覺很嚴肅。

我很奇怪很多人不注重也不知道小孩的心理感受，追求的完全是自己的安適、便利與自由。父母離開的小孩，就如把他（她）們埋入完全黑暗的地底，是不會「自然」長大的。我正經的回答她：

「就算是掉入無底的深淵，我也不會放棄我的小孩，讓她『自然長大』。」

承擔生命的血肉與靈魂，勇敢是甚麼？「不害怕孤獨黑暗、不偏離為人法則、不逃避困難危險。」人說：「生命短暫，要 Seize the day！」沒有錯，但問題是：小孩或其他人的生命也都很短暫。沒有父母在身邊，小孩幼小心靈的恐懼是一種完全無助的黑暗，如何「自然長大」？在這個分界點是：有人只顧及自己的安適與自由，不管小孩的後果；有人在意小孩的後果，不論自己是否安適自由。那麼，在這種情況下，平衡點是甚麼？平衡點是聖經上不允許的誡律、是法

律上不包容的行為、是凡世間遭禁忌的愛情。

　　之後，我沒再見到她。局屋前、鐵捲門下，也不再有我那種沒有貼郵票，直接放在地上的信。我開始常常回想我那生命中，只偶然如流星，如湖面上短暫漣漪的愛情；想起房玉玲。

迷 離 夜 夢

許 多年過去，我逐漸有了自己的時光，夜半翻閱早已上架的大學用書，找些記憶中 Longfellow 之類的詩：

The tide rises, the tide falls, The twilight darkens, the curlew calls; Along the sea-sands damp and brown The traveller hastens toward the town, And the tide rises, the tide falls. ……	海潮落下海潮起， 暮色已黑水鳥啼， 潮濕陰暗沿沙灘， 旅人匆匆往城去， 海潮落下海潮起。 ……

Herry Wadsworth Longfellow 享利·沃茲渥斯·朗費羅　作者譯

　　厚實的扉頁中突然滑下一張字跡娟秀的電話地址，還有一張問候卡片；同是一位我記憶鮮明的廖姓女生。那張電話地址我知道，但那封套未封口的卡片就不能確定是如何收到？是不是看過？

　　那時，我已畢業；她並不知道我已結婚。假日早上我從新化練馬回來，失意於自己的婚姻之下，走路也失神。渾渾噩噩的在大學路買完外帶早餐就走。突然，在裡面用餐的她，以女孩獨有的方式自裡頭蹦跳出來，低頭含羞的站立在我面前。站的好近，有話，但不說，是等我說話。她是花蓮女中來的交管系學妹，校園內外我倆極為善緣，因為我的偏執忙碌，總沒開口約她。現在，機會就這樣跳下來在我不用伸手就可以到達的地方。她住故鄉美崙山下，舉止輕柔，言語婉約，端莊秀麗如同故鄉山水。我完全的想要她，完全的願意付出，完全的想約她。就在那無言相對的幾秒鐘內，我的感情與理智做了人生最激烈的拉扯；意識快速、混亂、猶豫的掙扎。我多麼想填補我空虛的昨天、惆悵的今天與黑暗可知的明天。但是，之後呢？她必然會知道我已結婚的事實。就算我如何解釋、如何彌補，免不了是她內心嚴重的傷害。我不怕短暫的淚水，我怕的是我無法承擔、永遠無法彌補的傷痛。就這樣，我幾乎是以慘淡的微笑，向她問好，說聲再見，拿了她給我的電話地址，落寞的離開；心裡淌下的是多麼無奈的淚水。那麼，那張卡片呢？是我太忙碌專注，一時夾入扉頁之中，成為歲月遺忘的暫存記憶？我忘記了多

少尚未開啓的封存資料？一股不安掠過心頭，我想起了一張
照片。

　　那是一張不顯眼又陌生的國中女生照片，一張短髮齊耳
的二吋大頭照，我在哪裡看過？我想起來了，是小弟寄來的
瓦楞紙箱裡。曾在李桂蘭送給我那本《大學文選》及一疊舊
信當中看過。我只當是李桂蘭小時候的照片，忘在扉頁裡，
掉了下來。當時我把它放在一個小照片集裡。我把它找出
來。

　　黑白照片有一點褪黃，白色襯衫，一位娟秀的國中女
生，不像李桂蘭，也不像她妹妹李琦慧。會是誰？倒有一點
像記憶中的房玉玲。房玉玲和李桂蘭各方面都很像，苗條娟
秀，聲音悅耳，談吐大方。但當時房玉玲年紀小，國中剛畢
業。第一次見到她還不太敢正視她，記得回她的問話都吞吞
吐吐，好像我比她稚嫩。第二次去找她已是微雨中的黃昏。
之後，相處最久的就是那天夜晚，在她家的李子園裡。夜深
人靜，我竭盡思慮的回憶照片中的她是不是月光下的房玉
玲？又怎麼會在這裡？是不是曾寫信來？我立刻翻找小弟寄
來的那疊舊信。

　　束在底層有一封別於李桂蘭慣用的直式中封。紅藍相間
邊緣的航空專用封套已經拆開，眼簾映入一行觸目驚心的寄
件地址：

桃園縣復興鄉華陵村下巴陵 7 鄰 4-1 號

一時天旋地轉，抽開來一張尚未遺落的十行紙，用西式格式橫書的信箋：

1981 年 3 月 26 日
下雨了，我想去敲敲你的門；
我是房玉玲，只想來看你。

方大哥：
你還好嗎？怎麼都沒回信？我去光華代辦所問，也沒有你的消息。我現在在展望會幫忙處理認養人的文書。我想去花蓮找你，不知道你在哪裡？請你回信給我。

　　這封完全未知的信箋輾轉併入我的舊信疊裡二十年，這是怎麼一回事？這改編前的舊地址是郵差送來？還是鄰里轉來？是誰拆封？上一封信呢？要說小弟的不是呢？還是更應該說我自己？那一段歲月，我連機車停放在哪個車站都事後不知，專注忙碌，誰會記得別人漂泊的信件？又何必再問？一種無根性的空虛，流浪歲月的不安再度籠罩著我，如湍流中激蕩洄漩的浮萍，無力於過往，無奈於今日。心神盡是當年嘎拉賀的濛霧。

　　我靜靜的追憶，時光是拼湊不回來，一種歲月與現實之間的迷離錯亂感，令我惶惑、焦慮；我懷疑自己失憶或是生病。我開始有一個鮮明、奇怪又頻頻的夢：十分清晰的密林深谷，歷歷可辨的風中林冠，荒草自腳下蔓延，蔓延至坡上，抬頭坡上總有一個人，穿著白色織布，婷婷的站在那裡。只要上去，她回頭就走，消失於坡地遠處。奇怪的是，在每一次夢中，我都來到相同的坡下：林冠在風中，空寂搖曳；葉兒在林蔭，悄然顧視；我走進荒草，在坡下佇足。見時節更替，楓紅在林間變換衣衫，熟識鮮明；但，就是看不清她的臉。我不能確定她是誰？是不是房玉玲？都會中的女人，沒有這個特色，用夢來擾住我深潛裡的祕密，在深夜來注視我記憶中的不安。我是生病了，現實與夢境交錯，如精神解離。

在每一次夢中，我都來到相同的坡下：林冠在風中，空寂搖曳；葉兒在林蔭，悄然顧視；我走進荒草，在坡下佇足。

流 水 二 十 年

我託戶政的朋友，或利用各種資訊電腦，都找不到相同背景的房玉玲。但是，我要回去找那一片台地，我要去找房玉玲，實現許下的諾言，說完當年未說完的話，並請求她的原諒。因為，我再也沒有遇見過真誠的人。越是浮華，越不真心；越多世態的包裝，越多炎涼的算計。

白色的跑車奔馳在中山高，一路上思索著行程。我轉入二高下關西交流道，走朋友告訴我的新路——關西『馬武督』直去復興鄉『羅浮』。車入『馬武督』，已是山路，這裡昔日泰雅族人散居的山林部落，已被眼前現代化的公路一一串聯，車輛奔馳在這條約略東西向的山路毫不費神，沿途美景並無往事牽連，並未停車。只回想我在竹東的這位朋友——楊師昇，是他告訴我的新路。

我在成大時，他是同系日間部的校友。這位「藝術家」，善談、善飲又感性，彈得一手好吉他；研習植物品種，探討植被生態，是行為學的 B 型個性。當年我在台南林森路深夜讀書，他常來看我，真是感謝他的友情。有一個星期六晚上，他按電鈴進來之後就哭了，趴在餐桌上哭得好傷心。我倒好酒，等他哭完，問他：「怎麼了？」他說：「沒事，在校看完《魯冰花》忍不住就哭了。」說完，又哭起來。人生

啊！有時候哭自己，有時候哭別人；我哈哈一笑，邀杯就飲。在車上，我想起那一夜，他傷心的哭；是悲情的電影，拍擊了心弦？還是另有情節，敲打了自身？哭過會更勇敢，悲劇給人安慰。那天晚上，他帶來溫暖的友情，把傷心的自己，推給「沒事」的《魯冰花》。

　　一路追憶，車到『羅浮』，已接上北橫。往東就是當年我去巴陵的路。車子慢了下來，我在尋找當年流浪上山的足跡。然而，眼前嶄新的現代化公路，沿途民宿農產、商販店家，完全沒有我記憶中沙石土路、渺無人煙的北橫。公路路標、觀光指南，反而讓我更迷惑陌生，我當時在哪裡卜車？從哪裡開始走路？完全沒有任何蛛絲馬跡可以對照確定。新巴陵橋已拓寬改建，無如舊橋詩意；那麼，那座紅白相間、掩映在楓香林後的大漢橋呢？那 U 型山彎的深澗呢？來來回回，每座橋梁我都停車，遠近查看。然而，一直到巴陵，我確定絕對沒有我記憶中的大漢橋。更不要想哪一段路是大崩塌的山路，我曾在那裡等一塊大石頭掉下來的土石山路。我在巴陵問人，大漢橋竟然在巴陵過去的『萱源』。記得當時我走到巴陵，已轉入產業道，在產業道的盡頭搭流籠過山，走向嘎拉賀，豈去過往棲蘭山的萱源？

再 見 大 漢 橋

『萱源』，是巴陵過去約六公里處的地名，只有山
路旁公路局的舊站牌寫著『萱源』，沒有其他。
以前公路局為什麼要在這山彎轉角的荒林野地設站？我也不
知道。我如果堅持要尋找當年的產業道上山，最後的線索是
大漢橋。大漢橋在未到達『萱源』站牌之前。

車停在山壁下，走上橋面；白面紅拱，橋是面板拱。但
是，我夢裡縈繞的為甚麼是構架拱？下過雨，兩邊狹小高於
橋面的人行橋肩濕滑，極為危險。我急切要確定的是：這裡
是不是那百里無煙的群山中，我曾經徘徊留戀的神祕橋梁？
但那沿著深谷溪流大迴轉的 U 型山路呢？記憶中，橋跨 U 型
彎底，那兩端橋台應該是面臨著峭壁。我站在橋中央橋肩
上，注視山崖邊的楓櫟、探問深澗下的溪流，是否我來過？
深遠處急湍湍的浪花，激盪迴旋，嗚咽細述，以我不明白的
語言，翻騰自去。如果不是：是人們已經放棄了昔日的大漢
橋。如果是：是人們已經放棄原始的迴旋山路，闢開了山
塊，讓現今的道路接直了橋台；讓虛弱的文明人，在繁華的
世態偽裝之後，輕易的走入群山；用漸漸不再神祕的綠水，
填補了無盡的空虛，滿足了世態的虛榮。如果是：那麼我昔
日是在三岔路越過巴陵，來到萱源，在萱源入山。我低頭注
視回想，望得深澗出神，只聽得身後一聲呼喊：

「年輕人──，請愛惜自己的生命！」

一輛警車緩緩駛過，那位山地員警，探出頭來，儆醒一位「年輕人」，要「愛惜自己的生命」。

　　我過橋而去，尋找適當的路段再回望。橋影仍然俊美，青楓依然婆娑，但傲氣空寂不再，它失去了甚麼？蘇花公路早已離開了清水斷崖，秀姑巒溪也拋棄了它舊日的長虹橋。我知道，我一個流浪者走過的產業山道，再也找不著，再也無法穿越，它早已掩沒在荒山蔓草之內；流籠基台，也或許只是流浪者不安的夢，這裡誰也不知道它的存在。

蘇花公路早已離開了清水
斷崖，秀姑巒溪也拋棄了
它舊日的長虹橋。

（舊日長虹橋）邱慧玲

　　我返回巴陵，問去嘎拉賀的路。昔日群山空寂的巴陵站牌處，已變成一排不搭調迎合假日人潮的店街。我問一家雜貨店的老闆，那位忙著調理茶葉蛋的婦人停了下來；說：

「橫旁進去的公路即是。」

我不死心，再問：「有沒有一條產業道，盡頭有流籠……」努力要找到昔日的記憶。

她想了一下，仔細的回答我：

「是幾年前的事？我來這裡十五年了，我是第一個來，沒聽過有流籠，也沒有其它的路，去嘎拉賀就只有那裡……」仰首示意那條柏油路。

久 別 光 華

驅車急去。果然半小時車程，先見到我已不認識的光華。車進光華，部落已大部分群聚在稍爲分散無甚落差的山間丘陵。柏油路面整齊，似乎以教堂爲中心的隨山勢錯落環繞，伸入每一戶住家門口。他們上學外出，不必再跋溪涉水；經過設計的排水溝渠，告訴我光華並沒有沒落。屋前庭院旁，大都有果樹，我想起陳靜秋她家的水梨樹、樹下的大水缸。我也知道，嘎拉賀就在這附近某座山的山頂上。我問人，這裡算是華陵村，但找不到那航空信封上的地址──下巴陵 7 鄰 4-1 號。

　　已是黃昏，我奔波得累了，山區居民休息得早，嘎拉賀更偏遠，在晚上更不容易找到昔日記憶的痕跡，正想找地方過夜。突然，我想到，夜晚群鳥歸巢，山民白日上工，我如果想遇到任何農場上的舊識故人，現在正是機會。

　　急忙繞出光華部落，按光華居民指示方向，急馳而去。昏暗時分，車子飆過山路旁一個指標，沒注意看還真會錯過。急忙倒車，看到簡單一個箭頭指向山頂，寫著『嘎拉賀』。我又想起當年我搭流籠過河谷後，在流籠渡口發電機旁看到的幾個字。只是，這裡哪裡有河谷？更哪來的流籠？

　　轉入指標，路稍小，仍然是柏油。這條路中穿竹林蜿蜒上山，竹林高大茂密，在暮色風中，十分蕭瑟。不多時，一柱原住民泰雅族圖騰豎立路旁。隨即，看到第一個建築物是教堂，我知道來到嘎拉賀。

夜　語　嘎　拉　賀

天完全暗下來，這裡大別於光華，過教堂不久就是山路的終點。只有這一條路，我返回來又看到教堂。我不明白，雲霧裡的嘎拉賀是不是這裡？我又進入這唯一的部落主徑，左邊是幾間簡樸水泥平房，主要小群居民在

右邊，新屋舊屋並有，依山而上。有點像昔日基隆八斗子的靠山社區，只是範圍小又比較聚集。終於看到左邊平房外空地上站著一個人，雙手抱胸悠閒的看著我。我立即停入空地，下車請他抽菸。

「往前去是哪裡？」我問他。

「沒有路啦！你要去那裡？」雖然抱胸，對陌生人也完全和氣。我至今遇到過的泰雅族人都很和氣。

「神木林在哪裡？」我又問他。

「神木在『拉拉山』那邊——！」他們說話都有一個尾音。我當然知道新紅的『拉拉山』神木；但是，我想問的神木林在沙幹崖屋上方的遠處；我想問的是，去崖屋的山腰小路，是山嶺稜線上的山路；不，是那一片竹林，是竹林旁的小台地。都不是吧？我為什麼要騙自己？我要找的是那岩石上的房玉玲，夢裡消失在坡上遠方的房玉玲。

「嗯，我以前在這裡打工，種蘋果。但是我找不到要去那裡的路，是『新興農場』。」他對『新興農場』並沒有概念，想了一下回答我說：

「這裡沒人種蘋果，只有我們種水蜜桃，這裡就有幾棵。」指著空地後的一排桃樹。

「有沒有住的地方？或餐廳，可以吃東西？」

「我家可以當民宿呀！我阿姨家可以用飯——」原來，空地這一邊平房正是他阿姨家的「餐廳」；而隔著空地另一邊，另有一間更簡單的水泥房，縮退路面之外，正是他家的「民

宿」。我還停車停得巧，就停在「餐廳」與「民宿」之間有水
蜜桃樹的「中庭停車場」。部落燈火餘光下，天安排了我的
「嚮導」。

「好，我住你家，要給你多少？」就算參加救國團都要繳好
幾千，沒聽過在「餐廳」用餐或在「民宿」住宿不要錢。
「五百就好啦！」他說。我拿出二千元，囑咐他：
「我把背包先放你家，再一起去吃飯，請你喝酒。」

　　他家也怪，別人住路邊，他家客氣的縮退一大截，好像
是「公家機關」的門口，要給「洽公民眾」停車「出入迴
轉」，或是要適應未來的「都市計畫」。別人家的門口都是正
對著馬路，他家的門是面向空地這一邊，而且在最後面。說
錯了，如果他刻意把房子的方向向後轉，背向馬路，那麼門
還算是在前面。只是，門為什麼開在側面？等我拿背包要進
屋，正要踏上那對「都市人」來說十分危險的階梯時，黑暗
中看見左側身邊，腳下一片熟識的深邃黑茫，我恍然大悟，
甚麼都明白了。

　　是深谷，下方必定是河；這個人刻意要他的住家「背山
面谷」。我黃昏時中穿茂密竹林，隨後進入部落已是夜晚，又
林木處處，沒注意到左邊這幾間平房已是緊鄰河谷。也就是
說：我在某個路段，已轉入谷邊，是「溯谷而來」，如當年步
行在千尺河谷之上。當年沿路荒草的產業道必定在對岸，我
搭流籠從對山而來。那麼，當時我真的是在巴陵三岔路停留

後，走過巴陵，越過大漢橋去『萱源』；再從萱源，走沿河谷
的產業道到盡頭，搭流籠越過河谷來到這裡。怪不得在巴陵
有人說：「聽說以前萱源『好像』有流籠。」

　　我也知道了，新興農場就在上方；因為，以前都是走山
嶺稜線的多。在稜線西行後轉入山腰小路的終點，就是沙幹
的崖屋；也就是在這山嶺上向西，深入到再遇河谷轉彎的地
方。而房玉玲的家，就是在這聚落上方到達山嶺稜線之前，
在竹林旁平坦的小台地上，只是不知是否為了交通及簡易水
電，已搬來此處聚集的聚落裡？

　　這也就是他家的門為什麼要開在側面；因為，房子已向
後轉，面向河，又已吊掛在河谷上半山腰，前面哪有空間？
難不成一早開了前門就踏下大漢溪河谷？那，又為什麼房子
要向後轉？哈哈，你沒聽過嗎？這叫做：

　　　　我家門前有小河，後面有山坡；
　　　　山坡上面野花多，野花紅似火。

如此，昏暗中踏上側面那「危險的階梯」進屋；果然，凌亂
的屋內，窗開著對河。窗下一張原木餐桌，居高臨下，實乃
樓主「朝暉夕陰，氣象萬千」；正是沙幹「長風萬里送秋雁，
對此可以酣高樓」。

　　放下背包，我們就去空地（有水蜜桃樹的中庭停車場）
另一邊他阿姨家的「餐廳」喝起酒來，當然只有我們兩個
人。我問他：
「你太太呢？」隔了二十年，這一句話換我問別人。
「她帶孩子回大陸探親，下個月採果時才會回來。」
「喔！」我想起了那年中秋，夜飲居德卿家，吃他太太做的
「中秋烙餅」。而現在，當年的老兵可以回去，時下的男女可
以通婚。對某些人來說，生活除了是冒險，還算是別離。
「你認不認識一個人叫房玉玲？現在大約 36 歲。」
「這樣」，我如當年房玉玲，用手在桌上寫一個「房」字。
他想了一下說：
「這裡的人我都認識呀！沒有房玉玲。」
「她叫甚麼？」
我知道他在問房玉玲的泰雅語名字，但是，我不知道。

　　他對「新興農場」、「沙幹」以及那片「竹林台地」，完全
沒有印象。對「過渡流籠」，也只說：「那是以前，依稀記
得。」又說：「上面是一片荒廢山林，還有各自家沒整理的果
園。」

　　我想是不是去三峽，把「但願長醉不用醒」的沙幹邀
來，一起走以前的路；但是，我不想引起他有過多的想法。
當年我要下山，他氣得：「你、你，為了一個女人！」現在，
我還是為了一個對他來說「更不相干」的女人，還是二十年

前的女人。我在他那裡，絕口不提山上的事，更不會問起房玉玲。心想：此行的願望是機會渺茫。罷了，明天我自己上山，找不到房玉玲，也要向空山道歉，訴說我的內心，託付我的話。

　　喝了一杯，又問：
「有沒有一個叫『吳紹屏』的人，高高的。」
「吳紹『彬』！」他幾乎叫起來。
我說：「吳紹『屏』。」
「不，高高的，吳紹『彬』！」他說。
我是不能確定，但我想起來了：當年上山，沙幹的媽媽，都以特有的口音叫吳大哥「燒餅」、「燒餅」，我才會記成「吳『紹屏』」。
「他在哪裡？」
「他一個人在『山上』，我現在帶你去！」

　　果然，還有人在這「山外有山」的「山上」；但在這時候，已算是「三更半夜」了。我說：
「這麼晚了，而且，我也沒準備禮物。」
「沒關係，帶兩瓶醬油就好了啊！」他說。
「醬油」？我還真沒想過。
「去荒地，帶白菜；進深山，送醬油。」可以，也算山民特色，是「最實地的禮物」。立即在對面一家微弱燈光的雜貨店內買了兩瓶醬油，走回他的「民宿」有水蜜桃樹的「中庭停

車場」；他說：

「你的車子沒辦法開（底盤太低），用我的。」

於是發動他的越野吉普，約略往回教堂的方向，在某個路段，轉入一條外人難以查覺的小路上山。這條幾乎已荒廢的山路，兩旁芒草覆蓋，崎嶇難行，連吉普車都走得很不順暢，車燈前盡是傾斜芒草莖葉，並無能見度。可以想像上方的農場必已荒廢經年。

吳 大 哥

黑夜中，車子走到路的盡頭停下，是一片樹林，樹上拉掛著一盞燈泡，算是路燈，表示有人。左邊一間木屋，隱沒在這大片芒草盡頭、樹林坡前。雖然像農舍雜陳，但主人似乎已盡力自我設計；因為在月光下，灌木圍籬內的主屋之外，隱約可見到有棚架的庭院、植栽，還有桌椅。依方向看來是剛才嘎拉賀部落的最上方。這邊的門戶是面對著樹林，面向山；但那邊的門窗應該視野遼闊，面向河谷，和這位民宿嚮導的家同方向。嗯，在看大漢溪，在嘎拉賀的深山，看他家門前：

> 彎彎的小河，慢慢的流過，
> 青色的山坡，盛開的花朵；

　　「吳紹彬！」「吳紹彬！」嚮導在喊。出來一個人，我一看就是吳大哥。

「紹彬：有朋友來找你。」嚮導說。

「吳大哥！」我握住他的手。

我詫異吳大哥除了稍增風霜之外，完全沒甚麼改變。他笑瞇瞇的，直直地看著我，半晌沒說話。我知道他不認得我，或是忘記了我的名字。

我說：「我是沙幹的朋友，以前來這裡幫沙幹的忙。」

「我知道！我知道！」「記得你去三峽看他，他有告訴我。快進來！」吳大哥顯然很高興。

　　燈光昏黃，但還算明亮。這屋子不知是不是二十年前我問路的那一間工寮？已有了室內層次分隔。如果這裡是「客廳」，我看不到昔日熟悉的地方──記憶中他太太端熱茶、煮熱麵從「屋內」出來的地方，也沒了搖曳火舌的「馬燈」。但鋤頭、雨鞋、屬於山區的「日用品」依然熟悉的堆在角落。

　　「來，我泡蜂蜜給你們喝，我有養蜂。」說著，在瓶子內掏挖一些半結晶的蜂蜜。

「怎麼會來？」吳大哥問我。我說：

「我專程來找吳大哥，一直都很掛心這裡。」

「另外，一切變化太大，很多事不知道原因，無法和現實聯貫，我想請問吳大哥一些事。」

「儘管說！」吳大哥笑瞇瞇的隔著餐桌坐在我對面回答我。

「他們人呢？」

「全部走了，剩下我一個。」

老朋友我也不再忌諱，直接問：

「恕我冒昧，沙幹我是知道，但吳大哥你呢？『有賺到錢嗎』？」

「哈哈，沒有，但『交到朋友』。」哈哈哈哈！吳大哥瞇著眼睛，笑顏大開，好像我「問得好」。

我是知道蘋果進口的事，但山上演變的過程並不知道，於是又問：

「是怎麼回事？」

吳大哥細說了情形：

「你走後，大約沙幹的『陸奧』要收成時，蘋果開始大量進口；甚麼青森、富士都有。本來就沒多少利潤，這下蘋果完全不行。有的人下山，有的人砍掉蘋果改種利潤高的高山梨。」

「不久，梨也進口，又砍掉高山梨改種看好的水蜜桃。」

「水蜜桃也不行，這裡算是風口，採收期又是颱風季，水蜜桃嬌貴，大風大雨的，打掉的多。」

「最主要的，品種一直改良，連低海拔都可以種水蜜桃，這裡完全沒有競爭力。」

「那，地呢？」我問。

「荒廢在那裡，『野果』猴子在吃，猴子不怕人。」

「我在附近種一些荣豆，只有我去。」

「他們去哪裡了？」 我又問。

「沙幹你是知道，搬到三峽；古巴安（陳健勝）回石門水庫；老兵原先在板橋，開放探親之後，曾回去過，現在就不知道了。」「只有沙幹我常見面，因爲我太太也在三峽。其他的人沒再見過。」吳大哥似乎永遠笑瞇瞇的，好像在說別人的事。

「你沒下山？」

「我不走了，我離不開這山，山下我不習慣，我習慣這裡了……」

「那麼，生活呢？」

「我給附近一些自家果園或是村辦公室砍草，一天八百元；割草機、汽油還是自己的。」

「另外，我給自來水公司當巡水員，每月津貼二千元，他們在這裡建了『簡易自來水場』，路很難走，有蛇。」

「每天巡嗎？」

「不，除了部落斷水，接到通知我就去，否則一個月巡兩次。」

　　巡水員我是知道，電視報導銅門山區巡水員掉下溪谷甚麼的，光看著那極限攀岩般滑溜溜的大岩壁，一次給我兩萬元我也不幹。一向老實的自來水公司，也開起了巡水員的玩笑。

　　「來！」說著，吳大哥站起來，引我踏上兩三階室內房階，開了落地窗，一起走上那另一面向東的陽台，就像景觀

台，對著大漢溪沒錯。月光下照得河谷對岸的『萱源』群山輪廓鮮明。我無心注意屋旁的庭院，只專心思索我二十年前來的小路，兩顆大岩石之後的小台地。到目前，除了吳大哥之外，完全沒有任何景物可以聯貫上昔日的記憶，串聯我夢中縈繞不去的小台地。我說：

「吳大哥，我向你問一個地方。」

「哪裡？」

於是我仔細的描述當年我跳下流籠之後的路徑，往上直走穿越過的岩石……

奇怪的是，吳大哥和當地嚮導都沒有這條路徑的記憶。他是這樣告訴我：

「馬路安──指嚮導，當年在桃園工作，最近才回來。」

「那時候，來這裡有二種方式，小貨車或機車，從巴陵上來，石子路很難走，要二個小時；另外從『萱源』搭流籠，一下就越過山（過河谷），來到這裡。」

「流籠，早就沒了，但是原先那個柴油馬達的位置，現在大略是在教堂上方的山腰上。」

「你下流籠之後走的路線我是不知道，但是我們下流籠之後，是斜著進來（西上），因為我和沙幹的地是在農場的西邊，不會直上，斜著進來也大略是現在的路線。那時候，這裡根本是『沒有人』，零零落落幾戶散居在山坳。你說你下流籠後直走上山，會變成這個方向（指向剛才來路上芒草林的上方），要往左才會接上我的地。」

「直上的人，大概是當地山坳住戶回家的路。」

「那裡再往前（右），算是（新興農場）東邊的墾地，現在人都走了，路也沒有了，只有荒草。」

說的也是，當年我一個人上山，一個人下山，不見得是走吳大哥他們走的路。走哪條別人回家的路，闖入了房玉玲家的「合院」，借道了她家的「中庭」，還渾然不知，還以為那裡就是「部落」。「要往左才會接上我的地」，我想起房玉玲的家，長屋旁漸向左去的小徑；左邊是起伏山坳，右邊是一大片竹林。在那日落西斜的黃昏，房玉玲就在那，跟幾步上來，抱著嬰兒，在路口寂寂的看著我。

「來，先喝稀飯，『今天好天氣』，等一下我們上去走走。」原來，天已經亮了。屋外一片白濛濛，我彷彿聽到客家妹在灶間說話，說：「好天氣才會這樣。」

吳大哥去廚房，我開門出去，滿山大霧，連嚮導的吉普車都看不見。濕潤靜謐，天籟四林。竟然，這片茫霧是我唯一重逢的舊識，在清晨來看我。

霧漸散，我們走上去吳大哥家上方一小片整理過的園地，「深山獵戶」的氣息已變成了與世隔絕的「農家」，吳大哥還挖了池塘，幾隻鵝在池邊。那稜線上的山嶺呢？山腰上的小路呢？如階梯的果園平台呢？只見幾片菜圃，外圍著豆

苗蔓延的錯亂竹籬，隔開了滿山濃密的荒草，隔開了西邊再過去的沙幹崖屋，隔開了崖屋上方再深入的神木林，隔開了所有我對這片山林的全部印記。我想著吳大哥的話：「地荒廢在那裡，『野果』猴子在吃，猴子不怕人。」從光華便捷的柏油路往西，可以直去『司馬庫斯』，誰會再往北走那一條經過「神木林」，「要走一天」的神祕山路？而那魂夢中風起雨落的茂密芒林，誰還能確定它在哪裡？眼前沒有一處景物可以再追尋到我要找的小台地。不要說小路，連山勢都不是我記憶中的模樣。

誰說不是呢？一次颱風，一次豪雨，都能改變多少地貌？草木日日滋長，人事時時變遷；住在山上的人說：「山間幻化如精靈」、「今天找不到昨天的路」。就說我花蓮的家吧，不要說離家百公尺外童年抓溪魚的地方，已不知在哪裡？就連屋前、屋後的芭樂樹，誰也說不準現在的位置，又哪個痴人在尋找二十幾年前的小山路？不是在找路吧？為什麼又騙自己？事實上他是在找人。那個小台地如果是在吳大哥所說的方向，那麼，已是掩沒在荒草內、叢林裡。就算找到，又能做甚麼？難不成「長屋」還在？我還能再次呼喚她的名字，讓空中的回音再次看著我？或者能再次留言？可不要再留下錯誤的地址。

我開圍籬出去，高過頂的芒草掩蓋了四野。站在稍高處

往東邊望去吳大哥所說的方向，想得出神，耳畔盡是那喜悅、清脆、直接的聲音：「你怎麼會來？……」吳大哥笑著問我：「你是把甚麼東西埋在那裡？」嗯，我也問自己：「我把甚麼東西埋在那裡？」而吳大哥似乎是永遠在笑，他笑過去、笑現在；不，他笑人生，人生還真是好笑。

春　雨

告別吳大哥，我要下山了。回到「民宿」的「庭院」，陽光十分耀眼。謝過了嚮導，他說：「下個月再來，我保留一棵水蜜桃給你小孩，全家都來！」

我是有小孩，但是不算「全家」。我已不介意了，誰的生命完全了呢？有的人浸染了色彩，艱難了處境；有的人穩固了現實，虛空了心靈。沒有遺憾的人才真不知道他到底失去了甚麼？因為他沒有遇到甚麼。

車子急馳下山，直往鶯歌，我要去看沙幹。客家妹已在鶯歌買了新房子，是在建國國小對面的新式社區大樓。我去時沙幹正在中庭和一位牧師在辯論。沙幹雖然喝了酒，但這次算是「清醒」。他對牧師說：「我不相信神，假如有神，他不會讓很多事情發生。我是喝酒，但是我沒有醉！」

　　牧師呀，總是一個好榜樣，永遠也不慍、也不火、也不急，替神牧民嘛，利他忘我；也似乎都很有才華。我是不是應該去做牧師？我偶而在台南市南門路國語教會聽牧師證道；有一次會後，我要向牧師致上我「感謝欽佩」之意，趨向前去，說：「李牧師，妳講得真好，我喜歡聽。」李牧師有一點嚴肅的看著我，說：「你光聽不夠，要參加『服事傳道』。」嗯，我發覺，我不僅做不了牧師，恐怕也做不了神的子民；我是哪裡不對勁？

　　「獨斷獨行者，回頭無岸。」這又是說給誰聽的警言？我還真是少聽別人的意見。我知道ㄌ，我沒把自己的生命放在眼裡，橫眉豎目的面對天地，演成孤僻自負，如何能「服事傳道」？我不避雷電，無視群鬼，如此尚未早夭死於曠野，早已算是「神的恩典」。

　　「阿飛呀！汝更佇想啥？」
沙幹的閩南語，越來越標準。客家妹知道我要來，已包下社區地下室的歌唱室。我和沙幹在喝酒，客家妹在唱歌：

別說什麼，
那是你無法預知的世界，
別說，你不用說，
你的眼睛已經告訴了我……

當春雨飄呀飄的飄在
你滴也滴不完的髮梢，
戴著你的水晶珠鍊，
請跟我來。

　　我奇怪天地的奧秘，成長在山區或海邊的人，唱歌都很好聽。李桂蘭聲音清脆、字正腔圓，也可以唱出很低沉的旋律；客家妹聲韻渾厚、音階細膩，她本來就懂音律。然而：

　　　　「當春雨飄呀飄的飄在你滴也滴不完的髮梢」？

我倒是真的看過風雨打在她的臉上、她的髮梢，匯成小水流，流入她的頸項，滴到她的胸前。那時她就坐在堆疊的肥料包上，在風雨中等沙幹醒來。我又灌下一杯酒，我不知道我在找甚麼？我失去了甚麼？過了今天，不要想再找回昨天。我想起在大雨中酒醉的沙幹，他浸染了全部的色彩。

　　我應該回去了……

大 年 夜

故事講完，我的黑衣朋友，喝盡最後一杯酒，說：「你是否聽說過？你可以逆轉命運，但不能改變生命的色彩。」又說：「無以人滅天，無以故滅命，無以得殉名。」隨即起身飛出窗外，大笑而去。

—全　文　完—

後 記

萱 源

　　如今，並無法在北橫找到地名標示爲『萱源』的地方，也再沒有任何『萱源』的站牌；但如果你到達原公路局的『萱源』站牌處，衛星定位會顯示：『萱源』。那裡是狹窄山路中的一處避車道，提供緊急停車的一小片空地。

　　那麼，爲什麼這裡有這一小片空地？是不是以前公路局的『萱源』站牌處就是這裡？爲什麼有人曾在這四處無人的山彎野地上下車？是不是以前產業道路盡頭的流籠基站就在這附近？河對岸的山民在此搭流籠往返過山？於是，帶著小山刀，下去尋找。沒走多遠，在雜亂林中，腳下竟然踩踏著幾段年代久遠，埋在地下露出來的纜車副索；旁邊，竟然是一截已腐朽的巨大段木，這是怎麼一回事？

　　我把山刀劈砍入樹，就坐在那腐朽的段木旁，點起菸來。知道下方深遠處是滾滾溪流，我好像能確定一件事：就是那條產業道，是不存在了；但盡頭，就是今日「不存在」，也四處無人的『萱源』……

在雜亂林中，腳下竟然踩踏著幾段年代久遠，埋在地下露出來的纜車副索；

旁邊，竟然是一截已腐朽的巨大段木……

夢裡村

魂魄應對決生命的脆弱，崇尚利
他，不應自我屈服，隨波逐流。

半夜三更在荒郊野外讀書，有鬼魂來找我；帶我去一個陌生城鎮，經過狹窄巷弄，屋舍密集，矮牆屋簷，不知道是哪裡？深夜寒風中來到竹林旁的寶塔門外，好像來到墳前，憑弔前世舊事……

荒郊夜讀村狗哭，暗夜尋靈海會寺；
夢裡屋簷是誰家？弔骨寒風七弦竹。

夢 裡 村

退役後，我常常離群索居，最好是住在荒郊野外，偏僻無人的地方。雖然要在城市工作，也寧願多騎十幾公里的機車，往返公司與住處，租屋鄉野。一個人獨來獨往，獨居獨行，徜徉於天地，悠遊於四野。不是我沒有朋友，我只是刻意的追尋那份安靜、孤獨的美感和自在。尤其是在寂靜的夜晚，最讓我著迷流連；抽菸也愜意，喝茶也甘甜。不要說睡覺已是天堂；就連呼吸，都感到自己快樂不可思議的存在。

那時候，我四處飄泊闖蕩，生活最重要的一件事，就是

工作賺錢，匯錢回家；一方面，也在尋找自己的未來。我國小畢業就離開家，自身工讀，學歷是「高職肄業」。但「心如飛龍，遊俠自許」。

　　人生是對未知的冒險，生命是對困難的戰鬥。我的人生目標和別人稍有不同：第一，是希望自己文武雙全，文能治世，武能伏魔；第二，是希望自己能利他，我有強烈的利他思想，希望能夠幫助到所有在生命長河中相會的人。就是因為這樣，我有些桀驁不遜；看不慣很多人，不喜歡很多事。但命運如斯也，那時候，應該是我追尋人生目標的最後期限；當然，也包括自己的未來。一個遊俠自許的人，總不想一直在港區煉鋼，生命就這樣交待了事。

　　煉鋼，就是一段停留在小港的歲月。機器、熔爐，日夜不停的運轉；貨櫃、車輛，川流不息的跳動著港都工業的脈搏。我和一些同伴，用乙炔噴出的火燄，用電焊點出的火花，面對著加熱爐輸送出來還紅通通冒著火舌的粗鋼，絲絲對決，綿密纏鬥，來回滾軋淬煉，意境如在一片通天火海。我講得好像很神奇，原來就是——「打鐵」，分類職位叫「鉗作」，就是我在臺灣機械公司「鍊鋼打鐵」。

鳳 仁 路 91 巷

下班後，那些同伴們最主要的去處，聽說是去高雄夜店，點一位小姐，大家給她「Strip」。他們稱「Strip（使脫利普）」，大概是說「把她脫光了衣服，就能普利天下」的意思。同事們談得笑哈哈，好像是一件有趣的事，內容我是不大明白。生命誠然可喜，繁華雖然迷人，但我善感的思慮，總安靜沉默的停留在遙遠天際；下班就直接騎機車由鳳山市經鳥松鄉回仁武灣內村。

我租屋的地方是仁武鄉灣內村鳳仁路 91 巷；那時候當地是一片荒郊，間雜著水田。會在這裡蓋幾排公寓，是建商認為：國立中山大學要在澄清湖畔復校，這裡離澄清湖不遠，預計復校後，應該是商機無限，租售皆宜；故連建數棟五層樓公寓矗立田野。後來，中山大學復校選址柴山南端灣澳——西子灣，故此城幾成空域，只住進寥寥數戶，錯落分離，互不相見。本遊俠租屋在此，白日上班煉鋼，晚上下班「煉法」。說「煉法」，只是「閉關」，我是刻意來此讀書，潛龍勿用，他日出山，必「救世濟民」。

　　我高職肄業，升學資訊貧乏空洞，這使我的讀書方法笨到好笑。我第一件事是去高雄市鹽埕區買書，告訴店員：「我要買《高中課本》。」店員聽了，先是一陣錯愕，再來十分茫然，應該是「沒聽說過」，只好請老板出來。老板說：「教科書是專賣，要台北重慶南路的『臺灣書店』才有得買。」眞不愧他當老板，「實在感謝」；記得當夜微雨，我仍然專程搭火車北上。

　　『臺灣書店』門面寬廣，那位小姐選好我要的《高中課本》，又仔細的告訴我一個寶貴訊息：「三民主義課本在『幼獅書局』，在衡陽路……」，我又去了衡陽路。就這樣，最後帶著包含《三民主義》、《中國文化基本教材》等共三十六本全新高中課本，離開台北。此時天猶未晴，我好像是得到上天賜予，說不出是什麼樣的「寶貴禮物」，在絲絲小雨中，滿心歡喜的漫步搖晃，走到公路局東站搭國光號返回高雄。

黑 夜 魅 影

我的計劃是，第二年夏天要參加「大學夜間部聯合招生」。我從來沒有看過招生簡章，也沒有劃過答案卡，「2B」鉛筆還是第一次聽到。但是，沒時間管那麼多，我得先把那第一次看到的三十六本全新高中課本，盡快

地大火熬煮到爛熟糜爛，必要見一知十，倒背如流。我仔細的計算過，下班回來要看書八小時，假日在家要看書十六小時，預計三天看一本，要徹底熟讀三遍。

從編輯大意開始看，若三天要熟讀一本，那一個晚上要熟讀三分之一冊。那年年假，一次煮了一餐特大鍋的麵，連吃年節八天；也不管那鍋「麵」，最後變成甚麼樣的顏色與味道。和時間競速，向日夜拔河，廢寢忘食不足以形容靈魂進入的涵洞。事不期然，漠漠夜深，情況洶洶有異。我住的公寓上下、左右全是空屋，猶如荒城。但每當夜深時分，空寂的門前迴廊，總傳來沙沙腳步，足聲登踏，如有訪客；沒帷簾的窗外，暗影飄移，室內時時滲透著突起的涼意，鬼影幢幢。

靜極聲出，原本自然；形在影現，也不足爲奇；人死爲鬼，我一點都不在意。在門前、在窗外，時時暗影乍來，忽隱忽現。荒郊野外，一室明燈，我埋首於古文、英文、史地的章節世界。在寧靜的夜晚，頭也不抬，身也不起，須臾即渾然忘我，不知東方既白。

靈 魂 出 竅

事情發生了。每當我伏案通宵徹夜,倦極欲眠之後躺在床上,就即將入睡之際;意識在醒與睡的剎那──突然,「轟」的一震,全身不能動彈,意識籠罩在一團駭人的黑暗世界。意識清晰,那不是醒,更不是睡;魂魄隨著強烈的引力抽離,飛入幽冥。靈魂瞬間就將墜入急速崩塌的黑洞,駭然詭異。我總是用盡全力,方得猛然掙脫,恢復我現實的知覺。隨即,起身點菸、思索,黑夜中仍然肅穆無聲,一片靜謐。

我總是用盡全力,方得猛然掙脫,恢復我現實的知覺。隨即,起身點菸、思索,黑夜中仍然肅穆無聲,一片靜謐。

　　漸漸的，我感覺黑影越來越近，情境幾乎交替在現實邊緣，也就是幾乎來到清醒的時刻。越是疲憊，意識越容易進入那離奇的黑暗。只要躺在床上，闔眼欲眠——剎那，意識飛離，進入相同情境，越飄越遠，越悚然怪異。一股強烈駭異的引力，吸引我進入相同的地方。

　　隱諱的迷信如同賊行小人，以詭詐包藏。人世間存在的逆流我都永恆的誓不兩立，不屈於寰世，不動於神鬼；現實、睡夢，甚至是死亡的世界我都不會退縮。我要好好的面對我所遇到的一切困難、苦難、危險與恐怖。人生是冒險，生命是對困難的戰鬥，是對苦難、恐怖的克服。況且，遊俠重諾守信，放話天地難收回；我不會離開這裡，我決心進入那黑暗的世界，即使沒有出口，又是如何？

基 隆 河 畔

　　我的讀書計劃頗有進展。除了數學怎麼看都看不懂之外，歷史、地理——「明宋應星作天工開物，出地中海過直布羅陀」；國文、英文——「徐敬業討武曌，Athena 司戰爭」；三民主義——「建設之首要在民生，實業之首要為交通」；中國文化基本教材——「務民之義，敬鬼神而遠之，可謂知矣。」三至四天熟讀一本，資質「敏而好學」。

　　課本依序循環熟讀，忘記秋冬交替。下班回家，專注用意，競速分秒於我難以預測的奔馳。寂靜深夜，又倦極欲眠，就當闔眼……剎那！魂魄又倏然進入那極度令人駭異的黑暗世界，意識清晰，不是睡夢；雖然驚恐，我卻極力鎮靜。我要跟隨既有的暗徑，前往幽冥；這是人鬼門關，長夜對白，必然相會。我要探究世間道路的崎嶇、生命的悲痛、暗處的淒慘。隨著巨大強烈的引力，魂魄離體，飛出暗夜窗外。

　　我清楚俯視著我居住的公寓、四周田野的稻禾、清晰搖曳的樹冠枝椏、村落家屋的外廓、住戶門前的盆栽；仁武的街道、溪流；路口的商家、店鋪、看板，無不清晰了然。視覺、知覺極為靈敏，平常不知道的景物，俯視栩栩如生。魂魄急馳如光；須臾，來到一個陌生城鎮。

　　一路前行是恐怖的引導、無法掙脫的引力、黑暗強烈的召喚。我的意識由一處灰色的建築物旁轉入一個巷口，有轉角凸透鏡；兩旁屋舍密集，巷弄狹小。過幾道巷口，有一轉角處的住戶紅色鐵門旁，地面平豎一個平滑的石碣。然後越過一處鐵路平交道，再來是兩旁雜草叢生的單徑小路，左轉，由此漸上緩坡。駭然至極的意識由此大增，前面一排景象，即是引力的中心，暗巷的終點。那排景象中間是一處深邃、至極黑暗的涵洞，如煉獄地門。無法辨識門內是何種生靈，只覺萬靈淒厲吶喊，強力招魂，我已接近至其伸手可及

之駭異門外，全身如同電流，意識強烈警告；總是用盡全身內力方得掙脫，剎時，猛回陽世，黑夜依然蕭穆無聲，我知道絕非入夢。

起床點菸，靜坐窗前，但見半彎秋月，照映荒郊。一再的陰陽糾葛開始使我回想自己的人生，思索往事，追憶殘留的愛情記憶，尋找自我最隱微的祕密。我感覺：這個情境似乎曾在，並不陌生，在哪裡見過？常常一閃而逝，如極飄渺清淡的煙，一閃而逝……啊！我突然驚覺，那是夢！那是我久遠前即有的夢。

那是甚麼時候開始的夢？是美侖童年時？是學舍住宿期？還是在軍營？或是在基隆七堵？——退役後不久，我來到七堵『恆毅』汽車教練場任駕訓教練，那段短暫的歲月是我人生第一道豔麗的彩虹。是的，豔麗的彩虹，在崖壁之上。基隆河霪雨不絕，急風暴雨激盪於崖壁下的深潭，潭水漸深，湍湍激流終使浮萍飄離這一道河灣，彩虹倏然而逝。

要離開七堵的最後幾天，我的生命是在窒息的狀態。那時候，似乎有這個夢。以前也有，遠至童年，或是每到任何新的地方，在一些靜寂的他鄉夜晚，這個夢境都有支離難尋的片段。但是，夢總是夢；現在，它已在窗外，越來越近，來自深夜，潛近身旁；只要闔眼，一陣攝魂驚駭的黑暗，強喚我的意識，進入幽冥。

遠至童年，或是每到任何新的地方，在一些靜寂的他鄉夜晚，這個夢境都有支離難尋的片段。

人間多悲苦，是人禍多於天災；命運多坎坷，是人生的本質使然，和鬼神無關；情意多錯亂，是生命的脆弱難敵內在、外在對生命的侵奪殘害。悲苦的人生際遇，不論出之於自己或來自於別人，主要的是由於六根俱在的「人」，和天地少有關連。我不會去求神問卜、不會去焚香祭拜。人心詭譎之，故作機關遮掩；作惡在人，與鬼魅何干？再說我與幽冥，縱有糾葛，也得恩怨分明，不會無端挾怨窗外的遊魂。

高 雄 師 範 學 院

第二年初夏，我開始注意報紙上的大學夜間部聯合招生訊息。我總要先拿到簡章，看看是如何報名？數學鐵定零蛋，其他的五科，我也沒模擬考試過，沒辦法估算，不要連答案卡都不會畫。真的，沒時間「管那麼多」。下班快速回家，夜夜挑燈夜讀，循環我古文、英文、史地的章節世界。感覺這是嚴厲奇怪的自我試驗，孤獨陌生的

人生旅程，哪怕窗外黑影，或深夜鬼魅？只怕桌上的菸草燒完，燃料耗盡。

　　我記得考場在高雄師範學院。考試當天我已經兩天沒睡覺，他媽的，還酒醉。說來也是，每天晚上我都是將近天亮時分才睡覺，前幾個夜晚，哪裡調整得過來？考前還特地去仁武西藥房，只說要買兩顆安眠藥，那個女店員到底是看到鬼？回我的話時聲音還在發抖：「安……安眠藥是管制品，要……要醫生開證明……」。我二話不說立即去鳳山市找醫生，請他「開證明」。幹！不知道那傢伙是怕我死？還是他自己怕死？說好說歹就是不「開證明」；只給我開了一道「江湖良方」──他說：「這簡單，你吃飽一點，有喝酒的話再喝一點酒……」好一道「良方」，哪有遊俠不喝酒？當天晚上，不僅吃飽了，米酒也幹掉了一瓶，眼睛倒是越喝睜越大，直到天亮……

　　就這樣，第一節考《三民主義》，我在矇矓醉眼中第一次看到答案卡，方格支離飄移，渺渺如煙、茫茫似霧。所幸，天生神勇；兩天沒睡，一瓶米酒，也不礙我考那六堂試；會答的都答了，不會答的一樣格格填滿。孔子曰：「揖讓而升，下而飲，其爭也君子」；本人「醉飲而升，下而揖」，實乃豪傑中之真君子。可謂「幹架禮人一隻手，下棋讓子俥傌炮」。

覆 鼎 金

考完試，我變得比較悠閒。上下班不再固定騎經鳳山市，改走沒走過的道路。或繞道澄清湖，或經由覆鼎金到前鎮。無論是在澄清湖環湖路的彎道，或在覆鼎金的市街；尤其是在一個四周寬敞、常常雷電低空交加、要越往建工街的小山丘，初抵達時都如同時空交錯，恍如隔世夢境般相會於腦海深處。我來過，或說，深夜俯視過。我那深夜靈敏的視覺、飄蕩的靈魂，曾經在此徘徊徜徉。不過，我並不特別在意，管他是意識、是睡夢、還是錯亂，子不語怪力亂神。我靈魂會出竅，也無法抓惡犬去撞牆，還曾被狗咬過；我在意的是我考幾分？會不會考上？

放榜了，我到高雄師範學院去看榜單。看到佈告欄內，紅框邊的十行紙錄取名單：「『國立成功大學』〈外文系〉—方勤飛—」。當時日正當中，陽光明亮，光天化日之下，還頓覺天地神奇，不可思議。感謝高雄師院外鮮艷的海棠樹，它毫不慳吝，大方的送我一顆海棠果——「凡人矇世，天不欺人。」

告　別

我選擇搬去台南。註冊前幾天，我辭去臺灣機械公司的工作，還去小港總公司領回約一個月薪資的「自存金」。交付房租水電後，剩餘鈔票，包住在一個信封，答謝給楠梓加工區一位曾經幫助過我的女孩。她摘下黃色的作業頭巾，站在加工區門口，強烈的陽光之下，出來相會我的話別。她問說：「你會回來嗎……」那不安的聲音飄在微塵，浮在奔波，縈繞在夢裡。浮萍自去，不知明天；人，出生於孤單，旅途寂靜。願妳平安，難捨是生命的愛憐，堅強是脆弱的防禦，孤獨是自我的追索。

回到住處，沒甚麼行囊，當夜靜坐獨飲，思緒萬千。我在向這難忘的空屋告別，要向背後的黑影說再見。但直至天明，斯鬼無聲，不見蹤影。

清晨，是睡眠最舒服的時光，是靈魂最安逸的庇護所。安睡直到日上三竿，方起身打點。臨走前，我巡視這間公寓的每一個角落，虔誠的幾近悲傷。那鑿過排水孔的浴室、半夜煮麵的廚房、貼過字紙的白牆；還有我從拆船廠買來的櫸木書桌——是我最忠實的朋友，陪伴我夜夜無言，幫助我渡過每一個寂靜夜晚。明日未知，我知道我不會再來，我在道謝，我在告別。

① 號 省 道

光陽機車沿著縱貫路，一路北上，除了路過之外，我對台南市陌生；我只知道台南公園。

台南公園——那是二年前，就是差一點找不到生命出口的二年前；離開七堵後，一陣流離輾轉，機車半夜就沿著這一條縱貫路南下。記得在黑夜未盡的新豐鄉，停車點菸，還真他媽的哭出來。我永遠記得那時，在兩邊花田的田野路旁，天未破曉，滿空彤雲，我停車哭泣的那一支電線桿。想去當船員，遨遊四海；也想去「傳教」，徬徨迷失，不知道何處才是浮萍的灣泊？

陳亮瑜

我永遠記得那時，在兩邊花田的田野路旁，天未破曉，滿空彤雲，我停車哭泣的那一支電線桿。

　　那時沿途南下，淚眼漸乾，索性一路逍遙。騎經八卦山，就上去走一走，看看老人打太極拳。路過台南公園，也進去逛一逛，還在石板椅上睡起覺來；任不知名的黃色樹花掉落滿身、滿臉，動也不動，管他。直至小雨越下越大。這是我僅有的台南市印象……

　　一路思緒萬端，機車已行經台南機場，進入台南市。路旁鳳凰木花期已過，日正當中。我先去成功大學看一看，最重要的，我要趕快找到住的地方。

仁 德 鄉 太 子 村

在成大附近逛兩圈，我知道大概的情形：可以申請住校的同學登記住校；在外租屋的學生，大部分擠在育樂街或東寧路附近的所謂「雅房」。我寧願睡下水道，也不會去看那些「雅房」，老太太很可能禁止你抽菸，也可能限制你洗澡或上廁所。我是找荒郊野外、獨立空屋，遠一點的好。我怎麼能失去我寧靜、自在、美麗的夜晚？於是，二空的蔗園、永康的公墓、喜樹的海邊，一一尋找。騎機車曬了兩天烈日，經土庫小路來到仁德鄉太子村太子廟附近，終於找到一棟空屋，也算是田園屋舍。屋主姓施，和氣直接，在台南高工任教；其夫人皓齒如貝，十分標緻。簡單的一

桌、一椅、一床，此外全屋空蕩。就此，打開海軍的帆布
袋，遊俠落居太子村。

成大文學院

註冊當天，身無分文，我仍然去註冊；我以逛園遊
會的心情，來到大學路。豔陽高照，路旁高大的
行道樹枝椏層疊交錯，林蔭處處。一排一排的迎新會、校友
社等社團十分殷勤。新生、家長緊湊忙碌，充滿了對人生的
期待與喜悅。我好像在欣賞熱鬧人生，又像是走入時光岔
路。此時天下也沒認識半個人，還真有一點陌生。信步搖
晃，邊走邊看，走進光復校區大禮堂，那裡是註冊的地方。

別人填表，我也填表；別人體檢，我也體檢；別人繳
費，我也不緊張，只覺得自己有一點賴皮好笑，好像等一下
牛仔褲的口袋自然有錢。看看佈告欄，看看一堆表格、學
程、行事曆。我在研究「大學」是怎麼一回事？「國中」都
不知道，現在還是「國立大學」。我看到一位女生站在角落
哭，還走過去和她搭訕幾句話，想安慰她，她卻轉過身不理
我。很快的，白日西斜，人潮漸去，有些註冊關口已在收
拾，準備下班。我在瀏覽一本新生須知之類的小冊子，突然
看到一行字：「……辦理助學貸款……」他媽的格老子！神這

一次實在太過分，怎麼現在才告訴我？就這樣，在太陽下山的最後一刻，完成第一學期的註冊。

第一堂課是《西洋文學概論》，還真是偉大。在月亮升起的時候，聽老師講金字塔的〈死書〉、〈大將奧迪賽〉、〈戰神阿基里斯〉、〈木馬屠城〉，聽得津津有味。不過，那位老師講課，好像「教室裡的這些人」都已經知道了這些西方遠古的故事，話都只講前幾句，比那個李某人說：「跳躍性的思考」還「跳得厲害」。其他的，「回家自己看」。是的，「回家自己看」，我還懷疑，他是來代課的。我記得整整一年，分秒不停，我都是「回家查字典」。每天查到清晨雞啼時分去村口買豆漿，我是每天天未亮的第一位顧客，老板看我那個樣子，說：「你在『研究』。」

夜 半 訪 客

我是在「研究」，在這荒郊野外。漸漸的，情況又不太妙。每當三更半夜，先是村頭的野狗一陣一陣的：「嗚──」「嗚──」，哭聲還真是怪異淒厲。我本習以為常──有時候晚上走小徑經過那些陰暗老舊的三合院去村口買麵，會看到合院內的牛欄，有牛、有貓，也有狗。半夜群狗「嗚──」「嗚──」鳴哭幾聲，依我聽來，只算是「管

樂」。但那些村狗「嗚——」聲，起落總是由遠而近，如行影、如訪客，暗夜尋靈；最後，總來到我住處後院狹窄的防火巷。嗯！在窗外注視。那股黑影又近在身邊，如影隨形，還真是陰魂不散。就在一個深夜疲憊、倦極欲眠時，正要闔眼，「轟」的一震，全身不能動彈，極其駭異強烈帶有引力的黑暗，又強奪我的意識飛離體外。

這個境界我不陌生，這個糾纏一而再，再而三；侵擾我的寧靜、冒犯我的靈魂、欺凌我的孤單、污衊我的清潔。沒有錯，我曾欺負過一隻貓，還有，弄死一隻青蛙，那是我童年的無知；其他，只有逝去的愛情。難道，殘缺了愛情也有罪？我決定不再逃避那片陰森的黑暗，我強烈的自信，真不相信「牠」還能帶我去哪裡？更何況，恩怨總須了斷，幽微的深處、駭人的暗巷、淒厲的情節，無乃是人生的面向；那是驚怖的人心、是作惡的雙手、是陰邪的轉生。是的，有些人外表皮相，其實是鬼；有必要，我會殺人。現在，我魂魄先入幽冥，看是如何。

我盡可能的鎮定，盡可能的放鬆我全身僵硬如電殛般的身體。意識雖然強烈驚駭，但仍隨黑暗的引力飛離，靈魂倏出，飛出暗夜窗外。知覺、視覺異常靈敏，盤桓四野。俯視灌溉水圳的漣漪、支架橫錯，果實纍纍的番茄園、家屋水塔、村廓、椰影，皆歷歷如繪。意識如電光馳騁在深夜街道，又來到這個巷口，靜無一人，如來鬼城。

　　我知道轉入這個巷口，有轉角凸透鏡。沿著曲折暗巷，一戶戶深夜住家，老舊狹窄，心掛屋內人家，是否平安？轉過紅色鐵門住戶，前面是鐵路平交道。再來左轉，上緩坡，到了。那一排景象眞是難以辨認，那是暗巷的終點，是強烈的磁場。左右暗影婆娑，中間是深邃、至極黑暗的深淵。無法辨識是何種惡靈禁錮囚集，如此淒厲？又爲何暗夜來尋？強力招魂？我又接近至其伸手可及之驚駭門外，就將被吸入永恆無法返回現實陽世的一刹那，用盡全力，再次掙離那似乎是只要墜入，便是永劫不復的黑暗深淵。我知道這不是夢……

　　黑夜中驚起，我靜靜點菸。想起地獄，想起宇宙的黑洞，我知道黑影只是使者，那強烈的磁場，才是我的逆流。沒有錯，我在逆流而上，我對抗的是生命的磁場。

實 踐 街

　　已經好幾個月沒寄錢回家，更何況，人總要吃飯。雖然，「天上的飛鳥，也不種，也不收，也不積蓄在倉裡……」；這「不積蓄在倉裡」，我是「謹守誡命」，實踐的很透徹。但都甚麼年代了，總不能眞的「也不種，也不收」，只在田園沼澤當飛鳥。

　　換了幾個工作之後，我在實踐街找到一份很適合我的工作，是一家半夜開工的豆芽工場。工作時間從清晨兩點至六點。摘收豆芽、洗滌豆芽、包裝豆芽、趕赴早市。是一家家族企業，老板姓陳。

　　前半夜上課，之後回家夜讀。深夜兩點，騎著我那帥氣的光陽機車出太子村。沿著小東路轉中華路，一路來到實踐街。此時作業場燈火通明，老板夫婦、長子長媳、一位失怙少年和我即時趕工，非常忙碌。那時豆芽要五到七天生成，用大盆子在排列成格的豆芽床間採摘。倒入水槽、滌去豆殼、秤重包裝、及時外送，工作很簡單。老板夫婦勤奮刻苦，主掌下豆栽種，負芽苗健全成長之責；長子長媳亦幹練有為，掌外務會計。老板還有次子及三女，命比較好，都在睡覺，過正常生活。

　　遊俠所至，行俠仗義，工作如拚命三郎，老板殷殷倚重，自不在話下。人生多徜徉，生活多冒險。有時候，美麗的三女兒還會來探班，在那清晨要下班的時候，我都會收起遊俠生性的狂野，輕聲細語的裝溫良恭謹，綿言致意。有些話幾乎要說出口，還是壓抑著以微笑來注視她那漸漸低下的臉龐。要不是沒有時間，要不是口袋空空，本遊俠也不會始終那麼客氣。我的生命，多麼長的一段時間，選擇壓擠出自己的自由、色澤，換取對世間的理想，換取對命運決鬥的長劍。寧願在利他的道路上失敗，也不要在為己的道路上成

功。我的少年、我的青年，充滿了血氣，充滿了尋找利他的夢，不惜死在孤寂的荒原。

黑 夜 暗 巷

第一學期期末考甫考完的寒假，我書讀的更狂熱。

我看到報紙上一則「交通部特考」的訊息，有考甚麼《英文》、《企業管理》……；《企業管理》？你他媽的還「騙痟」，我這塊料應該來「管理企業」，不是「被企業來管理」。立即寫了一張字條告示貼在牆上給鬼看：「沒有考上，奉上頭顱。」我知道有鬼在暗夜注視，伺機而動，意圖不明。

就在一個「研究」《企業管理》，「研」得天昏地暗，渾不知今夕是何年的寒冷夜晚。半夜兩點，騎車上工。機車奔馳出太子村，衣領迎風拍擊，在頸項間劈啪作響。走大灣路、復興路、小東路，轉入中華路。寒流過境，街道冷清。我記得平常都由大武街穿過實踐街到我作業的工場。但一時分心，想在這屋舍密集、窄巷分岐的街道找捷徑，機車無意間轉入一條暗巷。突然，意識在剎那間「轟」的一震，眼前的景象使我驚駭得幾乎昏倒，全身如電、背脊如冰、寒毛暴立；這裡！是這裡！現實中我闖入了我幽冥的夢境，黑暗中

我進入了自己暗夜的磁場……

　　真不知如何形容當時的駭異，大腦幾乎空白，黑夜中我不必察看這我靈魂來過幾百回的狹窄巷道。左右密集的住家，那一座轉角凸透鏡。我以驚駭僅存的知覺，集中意識，睜大雙眼。透過棉質手套內的手指，排檔、加速。遠燈強烈的燈光探照著急馳飛過的每一戶住家，再也熟悉不過的老舊門窗、矮牆屋簷。我絕不能在這裡失足，在這如電流般的冥界隧道；我要前往暗巷的終點，即將面對夜夜糾葛的群靈，在那坡上恐怖的磁場……；飛過平交道，左轉上緩坡，剎那間飛至暗夜中那一排黑影之前，猛然停車，正是鐵欄門外。彼時天地無聲、夜黑如墨、四處無人。車燈照射下，隱現骨塔，是一座建築；左右側面怪異得如同鬼魅林間，內院陰森，好似百年墳場。真如返回前世，憑弔前世悲愴，詭異至極。全身如電，幾乎癱倒……；豈敢久留？說時遲，調轉車頭，猛加油門，「轟！」的一聲，光陽機車獨輪騰空，如飛嘶戰馬，騰出丈外！

　　一路暴走急馳，如迷失在靈界暗巷。穿回平交道，找到實踐街，終於來到我平日工作的地方，還以為靈魂從此禁錮在那駭人次元。我漸趨平靜，謎底漸開，不相信天明時，它會如鄉野故事傳說般──「已不復蹤影」。機車一停，快步走入工場。我已遲到，低頭迅速趕工作業，未發一語，心裡出奇的平靜。我知道我可能已走出了迷界，走出了暗影。心裡

踏實，似乎是站穩腳步，在某個地方得勝。

開 元 寺

豆芽趕早市出清時，天已微明。原本約定的工作已完，但我每天都持續清潔場房。我有怪癖，著手的工作如不做到一個令自己滿意的結果，絕不甘心，有罪。因此，清潔沖洗，直到場房地面四處泛出一片亮麗水光才離開。今天特別加速趕工。清晨下班，知道老板女兒抱著小狗在前院曬豆殼廣場等我，也無心攀談，以微笑示意後，即騎車前往昨夜異次元的境界。

依方向，找到了那曲折蜿蜒的狹窄巷弄；來到這一條既熟悉、又詭異，曾經令人毛骨悚然的「暗巷」。現在，白日大清早，「你」想怎麼樣？心裡想著，已越過平交道，來到小斜坡。機車騎上去，停在昨夜憑弔前世的地方。清晨冷風，我沒下車，仔細端詳眼前的風景。

是一處寺院建築，鐵柵門未開。只見門後一位出家人低首在打掃落葉，此時無心分辨其是僧？其是尼？左側，座落著數叢少見碧黃相間的彩色竹林，迎風搖曳，沙沙作響；竹後似禪房。右側，古木參天，林蔭茂密，間落著數座納骨

塔，是一座廟宇。此處亦不知是否正門？左右落地斑駁的半高水泥石柱，鑴有文字——左側記得是年代落款，右側是：

『臺南開元寺』

　　我沒入內，也沒探問，也不害怕，也不好奇。清晨風寒，沉思良久後，即不再觀望；回頭專心走我的路，回太子村睡覺。清晨，是睡眠最舒服的時光，是靈魂最安逸的庇護所。幽明異路，人鬼殊途；我知道，它不會再來，我不會再去。無論是恩？還是怨？放下，是最後的歸宿；祝福，是最終的圓滿。前世已盡力，今生已相逢。

昨日、今日與明日

　　不說出心裡的話，算是不爲自己而困擾別人；不苦苦追尋，是自制，也是放下。笑看命運，福禍置於度外，逆境算甚麼？生命不應只是如鐵，而是如烈火淬煉過的合金鋼；要貫穿的，不是自己的安適，不是自己感情的出口，而是逆流的命運，是利他的決鬥。我想起童年，想起我堅忍慈愛的父親，想起我年少利他的夢。

並非鬼魅使悲苦眾生陷入水火：
人，是萬惡的包裝，其實是魔。

　　故事講完了，我的黑衣朋友，雙眼睜的好大，大叫一聲：「Alas！」即起身飛出窗外，時雞啼破曉，東方肚白。

— 全 文 完 —

後記

開元寺

　　流雲逝水多年後，曾探訪開元寺。寺外眷村改建，四圍大廈林立；夢裡矮牆屋簷，僅存殘垣於里巷。寺內女尼大度，云：「本寺為全臺第一官寺，前稱海會寺，數度易名，亦歷經整建，不復野郊舊貌；汝云之彩竹應為七弦竹，寺後仍有。」乃穿山門，過寶殿、法堂，來到寺後。見寺牆內彩竹一叢，茂林仍在，三座靈骨塔矗立林後。女尼又云：「此處前確有一門，因市地重劃，已封門為牆⋯⋯」

見寺牆內彩竹一叢，茂林仍在，三座靈骨塔矗立林後。女尼又云：「此處前確有一門，因市地重劃，已封門為牆⋯⋯」

山 嶺 禁 地

人跡不至處，洪荒孤寂；
絕壁觀天地，九死一生。

我及時伸手在山崖邊抓住一根芒莖，沒有掉下懸崖。慢慢
的，我轉身離去。在這荒草蔓延、人跡不至的山嶺上，心中
百感交集，眷戀這片四處無人的山嶺。來是機緣，去是流
水，終於轉身越過山脊，尋路下山……

世說：
崎嶇道路才有奇花異果，
捨得性命方得神仙世界。

山 嶺 禁 地

很好玩，還可以去採百香果。

南 安 瀑 布

那時侯，我分發到瑞穗，暫時中止了成大的學業，
如脫韁的野馬。騎一部登山車，在高山溪谷間飛
天鑽地，到處探險。黃瓊玉住光復，是在地姑娘；人聰明活
潑，在這神祕的花東縱谷，她似乎什麼都知道。去南安瀑
布，是她帶我去的，她說：

「我帶你去一個好玩的地方。」
「哪裡？」她說：
「南安瀑布，在玉里八通關。」又說：
「很好玩，還可以去採百香果。」

　　立即，在一個艷陽假日的早上，騎上越野機車載著瓊玉，沿著台九線，南下玉里。再由玉里往中央山脈西行，山路沿著溪流入山；但見一路峽谷地形，秀麗壯闊。當時，現今的新中橫那一段尚未開發，荒郊野徑上一片原始。

　　來到古道八通關的一處山路旁，瓊玉說：「我們到了。」只見中央山脈延伸一隅，傍依溪床，隱逸於蓊鬱森林，十分神祕。急忙停好車，步行一段碎石坡，已聽到前方隆隆水聲。

　　這小段碎石坡是去瀑布的入口；盡頭，有大小岩石，如階梯上下堆疊。我和瓊玉相扶著小心順石而上，登上石階。立見一道白瀑，垂掛山腰，直落瀑下一泓深潭，濺起陣陣漣漪。涼風飄散著水氣迎面撲來，就這樣，我們到了南安瀑布。

登上石階。立見一道白瀑，
垂掛山腰，直落瀑下一泓
深潭，濺起陣陣漣漪。

環 看 潭 水

瀑潭約一個小泳池大小，三面環山，一面出口。此出口即是剛才進入瀑布的路徑，也是潭水漲滿時的洩口，流入壯闊的拉庫拉庫溪河床。我們好奇的先遊看潭岸，只見岸邊奇石錯落，枯木橫枝漂散在潭邊。瀑布對岸，有長板岩石平整如床，正好在此觀瀑。西側，潭岸幽深，漸高漸入密林，深入中央山脈。潭內有幾個布農族小朋友正在游泳，潭中有兩座岩石，正面對著傾瀉而下的瀑布，是一個天然跳水台。小朋友上下跳水，知道有白浪（歹人——平地來的壞蛋）來訪，都安靜無聲，中斷了原有戲水的歡笑。

此出口即是剛才進入瀑布的路徑，也是潭水漲滿時的洩口，流入壯闊的拉庫拉庫溪河床。

　　回到瀑布對岸的平整岩床上，放下背包，和瓊玉併坐觀瀑。金黃色陽光映照著粼粼潭水，泛出七色虹彩。偶而穿出幾隻魚狗，掠過潭面。南安瀑布之下，水聲迴盪，天籟交響。

　　此時，抬頭環看山林，林木茂密蓊鬱，山勢陡峭。瀑布高約五十公尺，自崖壁上直瀉而下。我好奇的注視著瀑布頂端，凝視著那傾瀉而下的水源。就是注視那瀑布頂端湧出不絕的流水，它深深的迷住了我的遐思、我的好奇。源源不絕的水源，從何而來？千百年訴說著甚麼樣的故事？月光下，會有甚麼樣的歌聲？心裡激動著，為那瀑布頂端傾瀉而出的流水。

自知無知，才連番探索；
自覺渺小，才捨命挑戰。

登　山

我們面對著瀑布，併坐在潭邊長板岩石上，用冰冷
潭水冰鎮啤酒。灌下一罐啤酒後，我告訴瓊玉：
「我要去爬山。」
「去哪裡？」她問我。我說：
「就是那瀑布的頂端，那上面。」我指著瀑布頂端湧出的流
水。她看著我很燦爛的微笑，沒有說：「很危險。」也沒有
說：「不可能。」她也不會認為我在開玩笑，而是看著我笑。
她特有的氣質不像別的女生，有的女生會不以為然，有的十
分「愛皮惜命」，也有的會大驚小怪。她卻是以一種包含了寬
容、支持、等待，與無條件共同承擔的態度對我，令人長久
難忘。

　　繫好鞋帶，掏出身上多餘的物件，和背包一起託付給瓊
玉，戴上手套。我已判斷最可能的路徑是右側山腰。走近張
望，山腰壁立，這哪裡有路？一整片茂密原始低海拔闊葉林
相，灌木、喬木，藤蔓糾葛；地勢崎嶇，錯綜複雜；姑婆
芋、山蕨，遍生山腰地表；岩壁青苔濕滑、寸步難行。豈有
路徑？但沒有路徑才算探險，我跨過姑婆芋，一頭鑽進藤蔓

交錯的空隙，貼地匍匐鑽爬。只見落葉層層、腐濕陰暗，林蔭深蔚中山藤在灌木、喬木間上下密布繚繞。

一整片茂密原始低海拔闊葉林相，灌木、喬木，藤蔓糾葛；

地勢崎嶇，錯綜複雜；姑婆芋、山蕨，遍生山腰地表；岩壁青苔濕滑、寸步難行。

山形陡峭，實在是藤蔓橫阻，走獸難通。推高藤蔓、壓低盤枝，往左上方攀鑽。越爬越高，突然聽到隆隆水聲。我抓著樹枝，探觸腳下足夠的平衡點起身觀望，只有密林枝葉圍繞，甚麼也看不見。水聲轟轟，我知道不遠，但源頭水聲氣勢怎麼如此驚人？地勢嚴峻，緊抓樹枝正要移步向前，突然看到茂密枝葉中掩蓋著一道縫隙，仔細一看，大吃一驚！是山塊之間的裂縫，一道幽暗深壑，莫約一公尺寬。原來，這整座山岩藏有裂縫，山越高，裂縫越寬；只不過茂密枝葉掩住，別說遠觀，就算現在在腳下，也差一點跌入這道狹窄的山岩裂縫裡；變成百年枯骨，八通關古道旁的南安瀑布，月光下就真的會聽到有甚麼樣的歌聲，會有甚麼樣的故事。

觀瀑——不入虎穴，焉得虎子。

孿 生 瀑 布

身在險境，不敢大意。但那澎湃水聲，就是不遠。我攀上一棵高大喬木的高枝上，撥開林葉一看，哇！嚇得差一點掉下來，那是甚麼？怪不得水聲這麼大。只見另一道飛騰白瀑，在我眼前傾瀉而下，氣勢磅礴，從更高的山崖上直落下我前方這道裂縫對面山塊內的茂密林間，在南安瀑布的山後側方，約略與南安瀑布側向成梯狀上下交互

垂落。但林木蓊鬱，山勢陡峭，落點難尋。上方這第二層瀑布的落點，迂迴而出才是南安瀑布的「瀑頂」，也就是我原先告訴瓊玉要上來尋找的「瀑布頂端」。

在這崎嶇濕滑、走獸難通的山腰密林裡，隱藏在南安瀑布後方山上的第二層孿生瀑布，很可能只有我看過，只有我知道。此外，就算從任何角度的空中俯視，亦難一窺奧秘。我高站在這棵茂密林間闊葉喬木的橫枝上，雙手抓緊左右枝條，如走吊索，避開枝葉，傾身向前。看我眼前那隱藏於山後林間，氣勢驚人的神祕瀑布，看得忘神。站在這前後兩山塊崖壁間的濕滑枝幹上，上下搖晃，左右傾擺，迎面水氣涼風，瀑聲隆隆。但若枝幹斷裂，掉下去正好是那道幽暗深壑，不知道又會有甚麼故事？

一回神，趕快謙虛謹慎的爬下來。濃密枝葉圍繞，前有山岩裂縫，四周是原始林相。喬木在陡峭山勢間上下相連，林下藤蔓繚繞，灌木叢叢。野菇、山花遍生於腐濕枯葉地表，欣榮豔麗，但無暇細賞。原先要找的南安瀑布的源頭——它的「瀑頂」，雖已知在前方山塊的山崖下，就是崖深無法攀下尋找。但另一道神祕的孿生瀑布就在前方山塊，極有可能攀上這第二道瀑布的源頭，攀上它的「瀑頂」；只要向上，再跳過這兩山塊山壁之間的裂縫。

一連串的驚險神奇。

越過山塊

下定決心，繼續往上攀爬，林相稍變，闊葉喬木漸多。一路穿梭密林枝葉，鑽爬到另一處較高的山壁崖邊。又攀上一棵大喬木站在高枝上，抓緊枝條再傾身往前方山塊看。不遠處，濃密枝葉中遮掩著一處平台，在對面山塊。沒有錯，那裡應該是第二道神祕瀑布的瀑頂。

山勢越高，裂縫越寬，腳前兩山塊山壁間裂縫已寬約三公尺。雖然沒有起跑點，但立定跳過還有可能。於是屏氣凝神，正要起跳，卻見到對面山塊長葉蕨類附生的山壁崖上，茂密的蕨葉晃然影動；心知起跳點和落地點都難以預料，趕緊後退一步。而兩邊山塊喬木枝葉相互交錯，要攀枝橫渡，也有可能。就這樣，選定一根長在對岸崖上，跨越兩邊山塊的欖仁橫枝，在濕潤茂密枝葉中搖晃攀爬，渡過對岸山塊，再由橫枝上垂落地面。一著地，哇！這是甚麼世界？

神 祕 瀑 頂

站在那棵全身如洗，淨潔亮麗，鮮豔多彩的欖仁樹枝下，景色如夢如畫，地勢亦險亦奇；剎時目眩神迷，兩腳顫抖。左前方是岩壁，岩壁前一片山岩，如圓潤浴池，雙腳正站在瀑頂源頭的水源邊，岩池洩口旁。

這處神祕瀑頂隱身在高崖密林裡，一片清幽如夢。原先看來像是一處「平台」，腳下這方山岩卻橢圓如盤、亮潔如玉、盤底如池，周圍景緻如一方精舍庭院。左方岩壁因山洪沖洗，向內凹圓如室；岩壁前方山岩橢圓如池，池臨山壁崖邊，山壁崖邊一牆清翠密林圍繞；先前在對岸山塊瞭望到的「平台」，即被這道翠牆遮掩。岩池前端，一淙清溪自山岩後方森林流出，由岩盤邊切切流入，在池內激盪回繞、迴瀾翻滾；焦慮悲切盤桓於生離，須臾，自我腳下轟隆落下萬叢林間，不知深處。

我由樹枝垂落地面，落腳處是在這塊山岩浴池的後端出水池邊，也沒料想到在密林枝葉中攀下樹枝即站在第二道瀑布的「瀑頂源頭」，正站在轟然嘩啦的瀑頂水源旁。嚴整說來，全塊山岩即為「瀑頂」。臨在山壁崖邊絕處，走獸無蹤；千年山泉漱洗，潤滑亮麗；翠林秀石互映，精工天成。前端清溪淙淙流入岩池內，在池內拍擊翻湧；哀怨傾訴永絕於林

間，瞬息，縱身崖下。

　　高崖密林裡，背向玉潤岩壁，浸在迴瀾流水池內，前一道翠牆、後一道秀岩；左一淙溪流潺潺流入，右一股湧泉源源瀉下茂密林間。這就是第二道瀑布的「瀑頂」。

乃詩云：

　　　　看天地亙古無人，聽岩磐溪流悲歌；
　　　　思月光森林記事，觸六識神魂朦朧。

源流，終是千年神祕。

源 流 祕 境

寸光飛逝，身處萬般神奇的高崖密林裡看得失魂，山壁崖上岩室上下盡是奇幻，目不暇給。元神稍定，那！還有那道流入池內的出林清溪，是「瀑頂」的「源頭流水」。急忙赤著腳沿著清澈岩川步步跟進；小坡往上，往前數步，溯著流水，快步步入幽深林間。

只見幽暗林中，那一股源流清溪深入悠遠。奇異的是：茂密喬木林下，溪旁青翠灌木夾岸，枝葉茂密交垂，如拱門涵洞，又如深遠隧道；僅一人寬，約一人高，一路掩翳流水，冰涼溪水汩汩而來，萬分神奇。

我再彎腰，一頭溯入這綠葉涵洞，涵洞內密枝交垂，水聲淅瀝，全身濺滿冰涼水花，踏著溪水穿梭枝葉前進。那神祕清幽，盡是終身難覓。越行越遠，交垂枝葉是越密越暗。此時置身在一片漆黑山澗，濕潤枝葉橫阻交擋，只聽得水聲嘩啦，不能辨識任何方向……突然心驚，

乃嘆曰：

　　君何至兮，山庭園？
　　源源吟兮，水涓涓。
　　千年幽兮，芳杜若；
　　川溪倩兮，弱玉骨。
　　山鬼睇兮，君已至；
　　情意凌亂兮，行止終極。

你為什麼要來到這山水的內院呢？是來聽源流的歌聲，來看美麗的流水。但山川終究要保有千年的寧靜，潔身自愛，不要有人打擾污染。已有山神在注視著你的到來，心懷意亂，來到這裡是天地允許的極限，你應該回去了。

　　心慌害怕中急忙踏著溪水回頭，步出山岩後方這片森林，回到方才瀑布頂上的山岩池邊。此時天色仍明，但知回程難料，天色若暗，必將性命難保。連忙於岩池邊束裝，繫好鞋帶；環視此奇幻祕境，心中情緒交雜，戀戀難捨。急忙回到先前跨越兩邊山塊崖壁的那棵欖仁樹下，再攀過橫枝，渡回對面山塊。

山 嶺 禁 地

　　再由枝上垂落地面，回到前來時的崖邊上。心中猶豫著，是不是循原路再攀鑽下山？一方面強烈的好奇，意猶未盡；一方面想找新路。於是判定方向後，我沒有回頭。因為山脊已在上方，心想越過山脊，從北坡下去，再繞路回來，應該可以。於是，爬向山脊。

　　爬過山脊，繞過一塊大如屏障的岩石，闖下北坡，落入一片封閉型山嶺。且只數步之差，山南山北，景觀迥然而殊，地表植株，全然不同。北坡不見半株木本樹木，全然草本。山嶺形勢孤寂，一片隱微幽閉，天地寂寂，十分駭人詭異。眼前荒草淒青，細看欲泣欲訴，無風而動，沙沙有聲，如有言語。

　　側身穿過萋萋蔓草，之後見到前方一陣大芒林——一大片高大芒草林，高約三公尺，粗如白甘蔗；像無邊蔗田，遮天蔽日，封住這片山嶺，分不清方向。我急著下山，不管其他，再一頭奔鑽進去。

　　雙手排開芒草穿梭前進，見到的只有貼身的芒草葉，聽到的只是梭梭的芒葉聲，甚麼也看不到。沒走幾步，突然，一身掉下去！不是，不是掉下去，是俯衝，如墜落般翻滾俯衝——原來，這面迎風北坡是陡坡，如懸崖般的陡坡，只是遮天蔽日的芒草掩蓋，難以查覺這無法站立行走的急落陡坡。就這樣俯衝下墜，人身飛落，穿破層層如牆芒草，劈啪作響；重力加上速度，一路狂衝落下。知道身落險境，但無法控制腳步，無法停住身軀，也無法思考。

　　沒命中萬般心念閃現如電光石火……，萬一跌入坑洞！萬一利枝穿身！萬一掉落深……深谷！剎那間魂魄大驚，猛然伸出左手反掌抓住，果然，「啪！」的一聲，抓住一根粗大芒莖，身軀頓停。坡太陡無法站立，而是呈大角度的前傾。依靠左手的吊掛，緊緊抓住芒莖，大角度的前傾仆立，搖晃吊掛。我沒有動，知道大事並不太妙，一動也不敢動。在那密麻高大的芒草林內，見到的只是貼身貼臉的芒草莖葉。天地靜靜無聲；但，那又是甚麼聲音？我好像聽到細微的風聲。

　　此時驚慌甫定，心神稍寧。左手吊掛支撐我的身體，腦中細細品味身在何處？日是何年？是怎麼一回事？見眼前芒葉微動，怎麼像似有風？伸出右手撥開，欲看究竟：哇！

你們原來是一片雲霧，
出現少時就不見了。

絕 壁 天 地

這 到底是第幾重天界？你知道，眼前萬里白雲，我怎麼仆掛在高空？怪不得有風聲；再細看腳下，那是甚麼？天啊！

　　左腳踏在懸崖邊的最後一步。我如果鬆開芒莖或再跨出右腳，絕對粉身碎骨踏下深崖，再沒半步兒差池。眼前是高空白雲，腳下是數百公尺深的拉庫拉庫溪乾河床。河床邊山崖壁立，山崖上即是這片陡坡，這一片密麻芒草林生成遮蓋的陡坡。我左手抓住的算是陡坡上最後的芒草，沒想到北坡落下的是懸崖。我伸長身軀左右探看：遠處，乾河床上亂石堆雲，一部挖土機細如玩具。河床間，一縷細流如帶，自中央山脈滾滾西來，蜿蜒東去，此外一片萬里白雲。

　　芒草根牢，沒有鬆脫，芒莖沒有斷裂。自我上山，天已
保守了我，神要我將這大地錦繡看個夠、看得仔細，就是這
樣的看法。相信今生就只有目前這一次機會。任何的下次，
再一次的跌落，還能不能及時在山崖邊伸手抓住最後的一根
芒莖？我生命的雲霧，還差一點就不見了。

　　我實在捨不得回去，捨不得離開，捨不得結束了今生僅
有，也是千載唯一的機緣，唯一的天恩厚賞。但山嵐漸強，
暮色已起。我不得不慢慢轉身離去，尤如離開永遠不能再相
見的情人。

　　依方向攀爬著穿出芒草，還見天日時，又再一次轉身，
睜大雙眼，上下探看這一遍鋪天蓋地的高大芒林。誠意殷
殷，差一點就蹦出眼淚，想在這禁地危嚴的芒草林前，跪地
頂禮；還有，這蔓延腳下，欲泣欲訴，早有言語對我的淒青
荒草，天地實矜憫於我，保守至今。

下 山

轉身離去這片山嶺。穿過蔓草，越過山脊，尋原路下山。在密林枝葉間攀鑽一陣，林相又變，已多灌木山蕨，知道來路已近。終於，爬出藤蔓，一腳踏上一片野芋，跳離山腰，走回瀑潭，潭面瀑聲隆隆。我抬頭看那湧出的水源，看那傾瀉不絕的瀑頂，心中非常激動，但是不見瓊玉蹤影。

天色漸暗，環看潭邊，正要尋找瓊玉；一轉身，瓊玉卻自出口處笑盈盈的走來。
「我正要去報警，」她靠上來，伸手輕挽著我，笑得更燦爛，說：「要去叫人來。」
我只是微笑看她，沒有說話，也拉著她的手，出奇的安靜。似乎是只要一經訴說，一切記憶就會如露珠消散，就會夢醒。
「剛開始，還看得見你爬在高處樹梢，遠遠的看，像一隻猴子」，她笑著說：
「漸漸的，就看不見了……」

我還是沒說話，握緊她的手走向出口，後面她說甚麼我都不記得了，我激動的心仍然停留在那片山嶺上。只記得一路回瑞穗，機車奔馳在 9 號公路，她手抱著我的腰、臉靠著

我的背，也靜靜的，如夜幕下柔和的月光。

—全 文 完—

後 記

南 安 瀑 布

南安瀑布，事實上有兩層。上方，山背後的那一層，我不確定有沒有人看過？它在絕壁之上，四面都極為隱密、神奇而危險。

它的位置，在八通關步道東段入口之前的那片絕壁之上，再深入；沒有任何路徑，只能攀登鑽爬。連南安瀑布，現在都已被國家公園當局隔離，只能遠觀。

當時去南安，不是走現在的新中橫（臺30），而是走沿著溪流，壯闊峽谷地形的鄉道。未到南安之前，有一家在荒郊野外鄉道旁的雜貨店，只此一家，別無人煙。在往後的歲月，每隔幾年，我路過玉里，都會去南安瀑布；也都會在這僅此一家的雜貨店前停車，走進去。那女老板一看到我，都說：「怎麼又是你？」
我說：「對，我來採百香果。」
她說：「現在不是百香果的季節。」
哈哈，我哪是來採百香果？是山嶺上流水深情，草木厚誼，我沒有忘記；我是誠意殷殷的來採摘我的記憶。

本書插圖列表

感謝本書朋友插圖

本書插圖列表

編 號	插 圖	作 者	頁 數	備 註
1	大 漢 橋	伊 斌	P.26	伊斌喇碧梓
2	海關宿舍	伊 斌	P.30	0988505117
3	房 玉 玲	伊 斌	P.33	
4	長 屋	伊 斌	P.35	
5	台北車站	伊 斌	P.37	
6	明恥國校	伊 斌	P.43	
7	崖 屋	伊 斌	P.45	
8	晚 餐	伊 斌	P.58	
9	香 菇 寮	伊 斌	P.76	
10	小 台 地	伊 斌	P.87	
11	枯樹遠山	劉春蘭	P.101	0928027011
12	死狗白骨	劉春蘭	P.101	
13	迷離夜夢	呂翊綵	P.117	07-5611081
14	長 虹 橋	邱慧玲	P.121	0937168587
15	纜車副索	邱慧玲	P.141	
16	腐朽段木	邱慧玲	P.141	
17	黑夜魅影	伊 斌	P.148	
18	夢 魘	呂翊綵	P.152	
19	花 田	陳亮瑜	P.156	0970583066
20	開 元 寺	邱慧玲	P.168	
21	南安瀑布	邱慧玲	P.172	
22	瀑布入口	邱慧玲	P.173	
23	尋找瀑頂	邱慧玲	P.175	
24	鑽入藤蔓	邱慧玲	P.175	

國家圖書館出版品預行編目資料

霧封北橫／李安德著. —初版. — 臺中市：白象
文化事業有限公司，2022.1
　　面；　公分
　ISBN 978-626-7018-32-3（平裝）

863.55　　　　　　　　　110012014

霧封北橫

作　　　者　李安德
校　　　對　李安德
發 行 人　張輝潭
出版發行　白象文化事業有限公司
　　　　　　412台中市大里區科技路1號8樓之2（台中軟體園區）
　　　　　　出版專線：（04）2496-5995　　傳真：（04）2496-9901
　　　　　　401台中市東區和平街228巷44號（經銷部）
　　　　　　購書專線：（04）2220-8589　　傳真：（04）2220-8505
專案主編　黃麗穎
出版編印　林榮威、陳逸儒、黃麗穎、水邊、陳婷婷、李婕
設計創意　張禮南、何佳諠
經銷推廣　李莉吟、莊博亞、劉育姍、李如玉
經紀企劃　張輝潭、徐錦淳、廖書湘、黃姿虹
營運管理　林金郎、曾千熏
印　　　刷　基盛印刷工場
初版一刷　2022 年 1 月
定　　　價　300 元